Nevill Drury

Hüter der Erde

Nevill Drury

Hüter der Erde

Auf den Spuren der Schamanen

Aus dem Englischen von Elisabeth Liebl

Lüchow

Die Originalausgabe erschien unter dem Titel The Shaman's Quest
bei Brandl Schlesinger, Rose Bay/NSW, Australien

Umschlaggestaltung: Designagentur Peter Krafft
Satz und Gestaltung: AS Grafik & Typo, Berlin
Druck und Bindung: Wiener Verlag, Himberg
Printed in Austria

ISBN 3-363-03016-9

www.luechow-verlag.de

Inhalt

Und der Große Geist sandte ein heiliges Lied aus,
das in allen vier Himmelsrichtungen
vernommen werden konnte,
und er rief seine Schamanen –
aus dem Norden, dem Süden, dem Osten und dem Westen.

Und die Schamanen machten sich auf den Weg
zum Zentrum der Welt,
um der Heilung der Erde beizuwohnen.

Norden

Als die Morgendämmerung rosagraue Schatten über den eisigen Strand trieb, streckte Enoyuk den Kopf aus dem Eingang seines Iglus. Er fühlte, wie eine von der Bucht herüberwehende sanfte Brise über sein faltiges Gesicht strich. Sie kam direkt von der Landspitze, die sein Volk *Three Ravens* (Drei Raben) nannte. Da und dort hob sie ein paar Schneeflocken auf und jagte sie über die Felsen, in deren Schutz Enoyuk und sein Volk ihr Winterquartier aufgeschlagen hatten.

Ganz sicher war der heutige Tag milder. Der Winter würde bald zu Ende sein. Für eine kurze Zeit würden sie vor den heulenden Sturmböen, die Nacht für Nacht über die Bucht peitschten, die Boote aus der Vertäuung rissen und um den Eingang der Iglus pfiffen, ihre Ruhe haben. In dieser Jahreszeit war die Jagd am abgebrochenen Rand der Eisschollen wirklich gefährlich gewesen. Die heftige Winterdünung hatte hohe Wellen an die zerklüfteten Klippen geworfen und trügerische Strömungen aufgewirbelt. Nur die stärksten und geschicktesten Jäger konnten sich auf eine See wie diese wagen.

Wer an den vereisten Ufern jagte, kämpfte mit anderen

Schwierigkeiten. Scheinbar fester, schneebedeckter Boden konnte urplötzlich unter den Füßen wegbrechen. Wilde Schneestürme brachen ohne Vorwarnung los und raubten dem Jäger die Sicht, machten jeden Schritt zum Spiel auf Leben und Tod. Doch selbst bei günstigerem Wetter und guter Sicht erforderte die Jagd im Winter eine geradezu unmenschliche Geduld. Hörte der Jäger das raue Schnauben eines Seehundes, der zum Atmen durch ein Loch im Eis auftauchte, musste er absolute Ruhe bewahren – und dann in einer blitzartigen Bewegung die Harpune mit aller Kraft in das dunkle Loch im Eis stoßen. Hatte er Glück, erwischte er seine Beute. Dann rief er seine Jagdgefährten, die ihm halfen, den schweren, schlüpfrigen Körper auf das Eis zu ziehen.

Dieses Jahr hatten sie weniger gefangen als sonst, die Seehunde waren sehr viel kleiner gewesen. Enoyuk erinnerte sich an Zeiten, in denen sie die Bartrobben von den Kajaks aus harpuniert und dann an Land gebracht hatten. Einmal war ihnen das Jagdglück sogar besonders gewogen. Damals hatten er und seine Brüder sogar einen Wal in eine seichte Bucht getrieben, sodass er am Ufer gestrandet war. Wochenlang hatten die Familien mit dem Walfleisch Feste gefeiert. Das Fett unter der Walhaut galt als ganz besondere Delikatesse. In dieser Zeit der Fülle hatte es auch nicht an Robbenfett gefehlt, mit dem sie ihre Iglus heizten, über dem sie ihre Mahlzeiten kochten und ihre feuchten Kleider trocknen ließen.

Nun aber war alles anders. Es schien fast, als sei Nuliajuk, die Herrin der Meeresgeschöpfe, Enoyuks Lager nicht mehr wohl gesonnen. Vielleicht hatten einige Mitglieder des Clans heimlich verbotene Dinge getan. Wenn nur ein Einziger die heiligen Gesetze übertrat, senkte sich der Fluch wie ein dunkler, klebriger Film auf den Meeresgrund nieder und überzog dort Nuliajuks Haut. Vielleicht hatten Tyara oder Udluriak Karibufleisch auf dem Eis gekocht und nicht auf festem Land, wie es Sitte war? Oder hatte Kadlajuk einen Seehund harpuniert, ohne ihn vorher gebeten zu haben, sein Fleisch als Nahrung nehmen zu dürfen? Oder hatte gar Moraq die Tiergeister beleidigt, indem er seine Beute bei ihrem geheimen Namen nannte, statt sie mit dem üblichen Jagdnamen anzurufen?

Ein derartiger Frevel würde Nuliajuk verärgern und in ihrem Zorn würde sie das Lager schwer bestrafen. Jeder wusste schließlich, dass sie auf dem Meeresgrund ein eigenes Becken besaß, in dem sie ihre Wale, Seehunde und Walrösser hielt. Wurden die heiligen Gesetze verletzt, dann hielt sie ihre Tiere zurück und gab sie nicht für die Jäger frei. In solchen Zeiten kam es einzig Enoyuk zu, sie wieder zu besänftigen, denn er allein war der Schamane, der Heiler dieses Lagers. Er allein war in der Lage, seinen Geist auf Reisen zu schicken, sodass er zu Nuliajuks Steinschloss auf dem Grunde des Ozeans hinuntertauchen und dort um Vergebung für die Untaten seines Volkes bitten konnte. Nur er vermochte, Nuliajuks Kamm in die Hand zu nehmen und sanft ihr vom Schmutz der Missetaten verfilztes Haar glatt zu kämmen. Allein er kannte die besonderen »Spirit-Songs«, die Geist-Lieder der Tiefe, die er ihr vorsang, um sie milde zu stimmen und Vergebung für die Vergehen seiner Leute zu erlangen. Nur er konnte sie dazu bringen, dass sie ihre Tiere, deren Fleisch sein Lager brauchte, um geistig und körperlich zu überleben, wieder zur Jagd freigab.

Mit einem Mal kamen Enoyuk all die Geschichten in den Sinn, die er über die Große Herrin des Meeres gehört hatte, als er noch ein kleiner Junge war. Seine Großmutter Kinalik, die ihn immer mit ihren Geschichten über die Geister und die alten Gesetze bezauberte, hatte ihm eines Abends am Lagerfeuer von Nuliajuk erzählt: Einst war sie eine wunderschöne, junge Frau gewesen, um deren Hand viele Verehrer anhielten. Da sie jedoch keinen Mann nach ihrem Geschmack fand, verließ sie ihr Lager und lebte allein in der Wildnis. Nach dieser Zeit des Rückzugs von der Welt nahm sie einen Vogelmenschen zum Mann – einen Eissturmvogel. Dieser versprach ihr ein Leben in

Reichtum und nahm sie mit sich fort auf eine Insel. Doch die Versprechen des Vogelmannes erwiesen sich bald als bar jeder Wahrheit. Nuliajuk litt Not, obwohl sie hart arbeitete. Dieses grausame Schicksal machte sie traurig und niedergeschlagen; sie flehte ihren Vater um Rettung an. Und tatsächlich kam dieser auf die Insel und tötete den Vogelmann, der sie so sehr getäuscht hatte. Doch als Vater und Tochter in ihrem kleinen Boot von der Insel zu entkommen suchten, ließen die Freunde des toten Eissturmvogels einen gewaltigen Sturm aufziehen, der das Boot mit meterhohen Wellen hin und her warf.

Jetzt dachte Nuliajuks Vater nur noch daran, seine Haut zu retten. Um Ballast loszuwerden, warf er seine Tochter über Bord, die sich verzweifelt an den Bootsrand klammerte. Doch die grausame Selbstsucht dieses Mannes kannte keine Grenzen. Er zog sein Jagdmesser heraus und hackte seiner Tochter einen Finger nach dem anderen ab, bis sie sich nicht mehr halten konnte und im Meer versank.

Doch wunderbarerweise ging sie nicht unter. Nuliajuks abgehackte Finger verwandelten sich in Wale, Seehunde und Walrosse. Sie selbst wurde zur Großen Göttin des Ozeans, die über all seine Kreaturen gebot. Weil sie nun eine Göttin war, blieb ihre Schönheit für immer erhalten, doch da ihr Vater so grausam gewesen war, hatte sie keine

Finger, um ihr wirres Haar glatt zu kämmen. Die Tiere des Ozeans hatten ihr geholfen, eine Steinfestung auf dem Grunde des Meeres zu errichten, die von gewaltigen Felsen geschützt und von einem wilden Seehund bewacht wurde. Enoyuks Großmutter erzählte, dass nur der mächtigste Schamane einer Jagdgemeinschaft die Erlaubnis hatte, in Nuliajuks Reich zu reisen. Vorher aber musste sie durch die heiligen Lieder besänftigt werden, erst dann erlaubte sie dem Schamanen, ihr Haar zu kämmen.

Und Enoyuk war zum Schamanen geworden. In den letzten Jahren war seine Macht gereift. Zu Beginn stand ein lebhafter Traum: An der Schwelle zum Mannesalter hatte er im Traum Besuch vom Geist des Eisbären, des Großen Weißen, erhalten, der im Dunkeln zu leuchten schien. Er hatte ihm vorhergesagt, dass er einst ein großer Jäger und Magier sein würde. Als Enoyuk seinem Vater von diesem Traum erzählte, nahm dieser ihn mit zu dem weisen und geschätzten Alareak, der zu jener Zeit als einer der größten Schamanen der nördlichen Völker galt.

Alareak hatte sein Iglu auf einer Felsspitze am Rande des Lagers errichtet, an einem Ort, der *Eagle's Claw* genannt wurde. Alareak lebte dort allein mit seinen drei alten Schlittenhunden, den letzten Überlebenden seines Hundegespanns, das ihm einst gute Dienste geleistet hatte, als er noch täglich auf die Jagd ging. Seine Frau war schon lange in die Welt der Geister davongegangen, und Kinder, an die er sein heiliges Wissen hätte weitergeben können, hatte er nicht. Viele im Lager fanden ihn seltsam, weil er sich von allem fern hielt. Nichtsdestotrotz wurde er von allen respektiert.

Eine gute Weile schien Alareak den Jungen, der da vor ihm stand, überhaupt nicht zu bemerken. Er war ganz in seine eigenen Gedanken versunken. Dann aber bat er Enoyuk in sein Iglu, wo er ihn auf den am Boden ausgelegten Karibufellen Platz nehmen ließ. Alareak suchte in seinem Inneren nach den richtigen Worten, als er Enoyuk erklärte, dass der Große Weiße ein sehr mächtiger Lehrer sei, ein kraftvoller Geisthelfer, und es ein überaus gutes Omen darstelle, ihm im Traum zu begegnen. Doch er erklärte ihm auch, dass es eine große Ehre sei, zum Schamanen berufen zu werden, eine Ehre, die Stärke, Geduld und Disziplin erfordere. Diese Eigenschaften konnten nur durch persönliche Erfahrung erworben werden.

Dann begann Alareak ein ernstes Gespräch mit Enoyuks Vater. Er wollte Enoyuk zum Schamanen ausbilden, und nahm das Geschenk der Familie an: Eine Zeltstange, die mit einem Möwenflügel verziert war – ein Zeichen dafür, dass der Schüler bereit war zu lernen, wie man in die Geisterwelt fliegt.

Schließlich befahl Alareak dem jungen Mann, weit weg

vom Lager still auf einem Hundeschlitten zu sitzen. Fünf Tage verbrachte Enoyuk auf diesem Gefährt in der Winterkälte, einsam und völlig verzweifelt. Vielleicht war all das ja ein Irrtum? Nachts war er von seltsamen, schaurigen Tierlauten umgeben, während eisige Winde heftig an ihm zerrten. Und obwohl er fest in einen pelzgefütterten Mantel gehüllt war, Lederfäustlinge und Stiefel aus Seehundfell trug, kroch die schreckliche Kälte doch in alle seine Glieder.

Am Ende kam Alareak, um zu sehen, wie es ihm ging. Er nahm ihn mit zu einem kleinen Iglu, der für seine Einweihung zum Schamanen gebaut worden war. Hier würde er still auf einem Podest sitzen müssen, immer noch ohne Wasser und Nahrung, und sich auf die allumfassende Macht des Großen Geistes konzentrieren. Hier würde er seine Geisthelfer kennen lernen. Alareak erklärte seinem Schüler, dass diese Geistwesen sich erst zeigten, wenn *sie* es für richtig hielten, und auch nur dann, wenn er für würdig erachtet wurde.

Fünf lange Tage saß Enoyuk in dem eiskalten Iglu und meditierte über den Großen Geist. Fünf Tage lang bot er alles auf, was er an Kraft und Ausdauer noch erübrigen konnte. Seine Seele rief nach den Geisthelfern, wie Alareak ihn gelehrt hatte. Im Iglu fühlte er sich zwar sicherer als auf dem Schlitten, doch die Einsamkeit machte ihm immer noch zu schaffen. Hinzu kam, dass er mittlerweile Krämpfe hatte und sich eingesperrter fühlte als je zuvor. Am sechsten Tag erschien Alareak und brachte ihm ein wenig lauwarmes Wasser zum Trinken. Sieben Tage später erschien er noch einmal, brachte wieder Wasser und ein kleines Stückchen Fleisch. Damit musste Enoyuk sich auf seiner Visionssuche erst einmal begnügen … für weitere zehn Tage.

Tage und Nächte flossen in einem einzigen Muster der Verzweiflung ineinander. Endlos schienen sie sich zu wiederholen, bis Enoyuk seinen Vorsatz schwinden fühlte. Langsam versank er in grenzenlose Verzweiflung. Er fühlte sich von aller Welt verlassen, sein Tun kam ihm völlig sinn- und zwecklos vor. Niemand, niemand war hier außer ihm. Dann kam mit einem Mal der Zeitpunkt, an dem sich alles änderte: Alle Pein hatte plötzlich ein Ende. Er, der nun selbst die allergeringste Erwartung aufgegeben hatte, entdeckte, dass er den Lauf der Zeit nicht mehr wahrnahm. Zumindest seine Qualen waren nun vorüber. Kälte, Müdigkeit und Einsamkeit fielen von ihm ab, und er tauchte in eine Welt ein, die ihn von innen her wärmte. Er fühlte sich mit einem Mal, als würde diese andere Welt ihn nähren und halten, eine Geisterwelt, in der Frieden und Stille herrschten, in der nichts an die Tage klirrender Kälte und die sturmerfüllten Nächte auf dem Eis erinnerte. Und nun zeigten sich auch die Geistwesen. Anfangs blitzte es nur kurz vor seinem inneren Auge auf, doch bald erkannte er sie in einem Reigen leuchtender Farben, der in ihm tiefe Ehrfurcht erregte.

Zu Beginn hatte er das Gefühl, mitten ins Polarlicht gereist zu sein, dessen strahlender Schein das Firmament erhellte, um – wie seine Großmutter ihm oft erzählt hatte – den Toten den Weg in die himmlischen Sphären zu weisen. Hin und wieder erhaschte er in dem Lichtschein den Blick auf einen der »Alten«, wie sein Stamm jene Vorfahren nannte, die bereits gestorben waren, aber ihren Nachfahren immer noch mit Weisheit und Einsicht zur Seite standen. Dann entdeckte er plötzlich inmitten des Farbenreigens einen kleinen, weißen Vogel, ein flaumweiches Schneehuhn, das vor ihm saß und mit seinen schwarzen Knopfaugen seine Aufmerksamkeit auf sich zog. Es öffnete die Flügel und zeigte ihm ein scharfes Messer, das darunter verborgen war. Dann ertönte seine Stimme direkt aus seinem Innersten: »Nimm dieses Messer und stich es mit einer einzigen Bewegung tief in meine Brust. Iss von meinem Fleisch. Lass dich von meinem Geist nähren. Nimm meine Stärke als Opfer an, denn dein erster Wächter auf dem Weg wird bald erscheinen. Und für diese Begegnung brauchst du Kraft.«

Enoyuk widerstrebte das zunächst, denn er liebte diese

sanften Schneevögel von ganzem Herzen. Daher fiel es ihm schwer, einem von ihnen weh zu tun. Doch dann spürte er, dass er diesem Befehl Folge leisten musste, und so nahm er das Messer auf und stach es direkt ins Herz des kleinen Vogels. Er schob die zarten, weißen Federn zur Seite und legte mit seinem Messer das dunkelrote Fleisch frei. Schließlich aß er davon, wie das Tier ihm befohlen hatte.

Nun spürte er, wie ein weit größeres Wesen sich ihm näherte. Plötzlich wurde ihm klar, dass er sich in Gegenwart des Großen Weißen befand. Niemals bei der Jagd, kein einziges Mal seit seinem ungewöhnlichen Traum war Enoyuk einem Eisbären so nahe gewesen. Mit einem Mal stand er ohne die geringste Vorwarnung so dicht vor ihm, dass er jedes Haar in dem dichten Pelz, jede Pore auf seiner glänzenden Nase, jeden Lichtschimmer in seinen dunkelbraunen Augen, jede Spitze seiner scharfen Zähne sehen konnte. Starr vor Angst dachte Enoyuk, dass nun sein letztes Stündlein geschlagen habe. Doch der Große Weiße stupste ihm überraschend die Nase ins Gesicht, sodass Enoyuk fühlte, wie sein warmer, feuchter Atem ihm über Wangen und Nase streifte. Sobald er sich von dem Schreck erholt hatte, tauchte plötzlich Alareaks Gesicht vor ihm auf. Der Kopf des Eisbären hatte sich auf magische Weise langsam in Licht aufgelöst. Nun war es Alareak, der vor ihm stand … mit einem breiten Lächeln auf seinem lederbraunen Gesicht.

Einen Augenblick lang sprach keiner von ihnen. Die Zeit schien stillzustehen in ihrer magischen Begegnung. Dann begann Alareak zu sprechen: »Gut gemacht. Du hast deine Lektion verstanden. Du hast dem Großen Weißen gegenübergestanden, euer Atem hat sich vermischt. Und du hast deine Furcht überwunden.« Die beiden Männer saßen schweigend nebeneinander. Über die Wand des Iglus legten sich schon Schatten, als Alareak wieder zu sprechen begann. »Warte hier auf mich. Ich muss für kurze Zeit weg. Wir werden morgen Abend am Eagle's Claw weitermachen, dann werde ich für dich trommeln.«

In Alareaks größerem, wohnlicherem Iglu fühlte Enoyuk sich deutlich wohler. Schließlich war es das Heim des großen Schamanen, ein Ort, an den die Geisthelfer sofort kommen würden, wenn man sie riefe. Alareak bewahrte seine Schamanentrommel unter einer wollenen Decke auf. Er berührte sie ehrfürchtig, als er sie Enoyuk zum ersten Mal zeigte: »Diese Trommel wird dich weiter forttragen als jeder Schlitten, jedes Hundegespann im Lager«, sagte er ruhig. »Sie wird dich auf deiner Geistreise begleiten.«

Als Enoyuk die Trommel betrachtete, sah er, dass ihr Rand mit verschiedenen Figuren bemalt war. »Das sind meine Geister, meine *tunraqs*«, sagte Alareak. »Jeder Schamane hat seine eigenen Helfer, denn auf dieser Reise braucht man starke Schutzgeister. Wenn ich für dich trommle, wird deine Seele deinen Körper verlassen. Doch beim Eintritt in die Geisterwelt muss der Schamane genau wissen, wohin er will.« Er lächelte verschmitzt und sagte scherzend zu Enoyuk: »Auf dieser Reise wirst du vielleicht deinen Körper verlieren, doch wenn die *tunraqs* dir zur Seite stehen, wird dein Geist sich niemals verirren …«

Gegen Abend des folgenden Tages kehrte Alareak zurück und traf Vorbereitungen für Enoyuks erste Seelenreise. Er schuf Platz in der Mitte des Iglus, stellte seine kleine Steinlampe dorthin, wo er vorher ein wenig Robbenöl gegossen hatte. Dann zündete er einen dünnen Faden trockenen Mooses an, der ihm als Docht diente. Sofort begannen Schatten über die Wände der Eishöhle zu tanzen. Enoyuk fühlte sich von den rasch wechselnden Formen inspiriert und spürte die Vorfreude in sich regen. Alareak packte seine Schamanentrommel aus und legte eine Rassel aus einem Flaschenkürbis daneben, die ebenfalls über und über mit bildlichen Darstellungen seiner Geisthelfer verziert war.

»Zuerst rufe ich die Geister, damit sie wissen, dass wir jetzt beginnen«, erläuterte er. »Danach schlage ich die Trommel für dich, und du reitest auf der Trommel, als würde ein Hundeschlitten dich über den Schnee tragen. Reite auf der Trommel bis zum Himmel, bis ins Polarlicht. Reite auf der Trommel zum Reich der ›Alten‹. Reite sie, bis sie dich unters Eis auf den Grund des Ozeans trägt, wo Nuliajuk mit ihren Meeresgeschöpfen lebt. Ruf deine Helfer und bitte sie, sich dir zu zeigen. Ruf deine Schützer und deine Verbündeten. Wenn du es reinen Herzen tust, werden sie kommen …«

Alareak setzte sich neben die Lampe auf eine Karibudecke und sang mit leiser Stimme vor sich hin … einen Spirit-Song, den nur er singen durfte. Er brachte ihn den Geistern und den »Alten« als Opfer dar:

Der Jäger – er tritt
Aus dem Schlaf heraus
Es regt sich der neue Tag
Im Licht der Dämmerung
Der Jäger erwacht
Und reist davon in die Nacht

Dabei erhob Alareak sich und schüttelte die Rassel mit weit ausholenden Bewegungen in alle vier Himmelsrichtungen. Dann nahm er die Trommel zur Hand und schlug sie mit einem kleinen Trommelstock. Allmählich wurden die dumpfen Trommelschläge lebendig, und Enoyuk spürte, wie die Zaubermacht ihres Rhythmus sich immer stärker seiner bemächtigte. Alareaks Iglu tauchte ein in den pulsierenden Herzschlag der Trommel. Ein vielschichtiger Chor vibrierender Trommelschläge füllte das Innere vollkommen aus. Alareak und Enoyuk reisten nun zusammen als ein Wesen …

Einen verwirrenden und inspirierenden Moment lang wusste Enoyuk nicht mehr, wo er war. Ein Teil seines Wesens war ein Teil des Trommelschlags geworden, ein anderer Teil jedoch – sein Körper, den er bis jetzt immer für sein wirkliches Selbst gehalten hatte – schien davon ganz abgetrennt zu sein, so als habe er ihn zurückgelassen.

Nun spürte Enoyuk, wie eine warme Welle sein Innerstes erfüllte. Seine Seele erhob sich in den Himmel und flog hoch über Alareaks Iglu dahin. Er sah auf Eagle's Claw herunter und auf die Landzunge, die sich weit ins Meer hineinschob. Sogar an diesem ungewöhnlichen Aussichtspunkt in der Tiefe des Nachthimmels schienen seine Geist-Augen von einem eigenen Licht beseelt. Für Enoyuk war es eine Erleuchtung: Eine neue Art zu sehen, die er niemals für möglich gehalten hätte.

Doch er stieg sogar noch weiter hinauf. Weit über das Ehrfurcht gebietende Kliff von Three Ravens drang Enoyuk in eine Welt leuchtender Wolken und phosphoreszierender Farbnebel ein – eine Welt, die vermutlich die

Heimat der Hilfs- und Schutzgeister war. Sehr bald durchdrang deren Strahlen jeden Teil seines Wesens. Er fühlte, dass er zu reinem Licht geworden war, dass er Licht ausstrahlte, das seinem wahren Wesen entsprang – der innersten Quelle seines Seins.

Und dann erschien zum ersten Mal ein Wesen vor seinem inneren Auge, das sein *tunraq* sein würde. Anfangs sah er es nur schwach – ein schimmernder Umriss, ein verschwommener Fleck in einem Lichtpunkt. Es kam näher und wurde immer greifbarer. Enoyuk sah, dass das Wesen ein kleiner Wolf mit silbergrauem Pelz und eisblau schimmernden Augen war. Einen solchen Wolf hatte er noch nie gesehen und so zuckte er überrascht zurück. Doch der Wolf beruhigte ihn und hieß ihn im Land des Lichts willkommen:

»Ich komme zu dir als dein Schutzgeist«, sagte er, wobei die Worte direkt von seiner Seele in Enoyuks Seele drangen. »Ich schenke dir meine Klugheit, meine Treue und meine Fähigkeiten als Jäger …«

Plötzlich hatte Enoyuk Visionen: Der Silberwolf trieb Karibus in eine Engstelle in den Felsen, wo Jäger im Hinterhalt auf sie lauerten. Er scheuchte andere Tiere aus ihrem Versteck in der Tundra auf. Tief im Schnee verborgen fand er die verloren gegangene wertvolle Harpune eines Jägers wieder. Er spürte Robben und Walrosse an ihren Atemlöchern im Eis auf …

Dann teilte der Wolf Enoyuk seinen wahren Namen mit, den nur er als sein Meister kennen würde und niemand sonst. Schließlich versprach er, dass er immer in seiner Nähe bliebe, am Rande des Lagers, sodass er den besonderen Ruf des Schamanen jederzeit vernehmen könne. Sobald Enoyuk ihn rufe, komme er flink herbei.

Angesichts so großer Loyalität bedeutete Enoyuk dem Wolf, er solle näher kommen. Dann beugte er sich nach vorn, um mit ihm den Atem zu teilen und dankte dem Tier von ganzem Herzen. »Du wirst immer bei mir sein, und wir werden gemeinsam wunderbare Abenteuer erleben«, so sprach Enoyuk zu seinem Begleiter.

Nun hatte Enoyuk das Gefühl, dass es Zeit sei, zurückzukehren. Noch immer vernahm er den steten Schlag von Alareaks Trommel, wenn auch aus weiter Ferne. Wieder versuchte er, sich ihrem berauschenden Rhythmus hinzugeben. Doch so schön die Begegnung mit dem Wolf auch war, was nun kam, versetzte Enoyuk einen Schock.

Als er sich Alareaks Iglu näherte, indem er sich mit seinen Geist-Augen langsam den Pfad seiner Seelenreise entlangtastete, erblickte er seinen Körper, der friedlich auf der Karibudecke schlummerte. Gleichzeitig entdeckte er den riesigen Eisbären, der auf das Iglu zulief und alles zur Seite fegte, was ihm im Weg war.

Der Bär strich durch den Schnee, als habe er ein Ziel.

Seine kraftvollen Bewegungen ließen auf eine enorme Stärke schließen. Als er an Alareaks Iglu angekommen war, zerschmetterte er mit Leichtigkeit die Außenwand und fasste mit seinen gewaltigen Pranken durch das Loch, um Enoyuks Körper zu ergreifen.

Enoyuk fühlte keinen Schmerz, war er doch außerhalb seines Körpers, doch mit Entsetzen beobachtete er, wie der Bär seinen Kopf zwischen die Zähne nahm und ihn zerfetzte. Dann machte sich der Bär in rasender Gier über Enoyuks Körper her. Die Pelzjacke zerriss er, als sei sie gar nicht vorhanden, und er begann, den lebenden Körper aufzufressen. Bald war von Enoyuk nur noch eine blutige Masse übrig, die den weißen Schnee rot färbte. Und am Schluß lagen nur noch die abgenagten Knochen auf dem Eis.

Da aber begann das Wunder: Mit derselben Zielgerichtetheit, mit der er vorher den Körper des jungen Mannes zerstört hatte, begann der Eisbär nun, diesen voller Respekt Stück für Stück zusammenzusetzen. Zuerst den Brustkorb, wobei er sorgfältig Rippen und Wirbel an die richtigen Stellen legte. Dann fügte er Kopf, Arme und Beine dazu; mit Schädel und Gesicht gab er sich besonders viel Mühe. Finger und Zehen sammelte er ein und fügte sie ebenfalls an. Sanft nahm er Enoyuks blutiges Herz in seine Pranken, blies drei Mal ehrfürchtig, fast zärtlich darauf, um ihm neues Leben einzuhauchen und setzte es schließlich in den Körper des Schlafenden ein. Doch damit war es noch nicht getan. In der Tatze des Bären kam plötzlich ein kleines Stück Elfenbein zum Vorschein, das über und über mit magischen Motiven bedeckt war. Es war das Geschenk des Eisbären an den neu gekürten Schamanen. Er legte es neben Enoyuks Herz und verschloss liebevoll die klaffende Wunde, die er dem jungen Mann vorher selbst beigebracht hatte.

Als alles vorüber war, konnte Enoyuk kaum glauben, was er gesehen hatte! Er war Zeuge gewesen, wie sein Körper von einem wilden Raubtier zerfetzt worden war. Doch dann hatte dasselbe Raubtier ihn Stück für Stück wieder zusammengefügt und ihn – mit neuer Kraft versehen – in seinen ursprünglichen Zustand zurückversetzt. Und Enoyuk konnte diese Kraft spüren. Er wusste, dass er nun eine neue Macht besaß, neue magische Fähigkeiten. Der Gedanke, aus der Geisterwelt in seinen schlafenden Körper zurückzukehren, jagte ihm keine Angst mehr ein. Er würde seinem Lehrer viel zu erzählen haben. Und schon war er in seinem Körper zurück und erwachte ein wenig benommen aus dem Schlummer.

Alareak hatte aufgehört zu trommeln und saß auf einem Karibufell auf der anderen Seite des Iglus. Im Iglu war es düster, in der steinernen Lampe flackerte nur ein kleines

Flämmchen. Alareak schien ganz ruhig, so als sei überhaupt nichts Besonderes geschehen. Zu Enoyuks Überraschung schien das Iglu vollkommen intakt, als sei es nie von einem Bären zerstört worden. Es gab keinerlei Anzeichen von gewaltsamem Eindringen, keine Sprünge im Eis, keine Klauenspuren an den Wänden, keine Blutspritzer auf dem Schnee. Enoyuk war ein wenig beunruhigt: Wie konnte das sein? Durfte er seinen eigenen Augen nicht mehr trauen?

Alareak beobachtete den fragenden Blick seines Schülers mit einem feinen Lächeln auf dem Gesicht. Enoyuk war so verwirrt, dass sein schamanischer Lehrer seinen Geist erst einmal zur Ruhe bringen musste. Dann aber setzte er zu einer Erklärung an:

»Du bist dem Großen Weißen also wieder begegnet«, sagte er. »Dieses Mal hat er dir all seine Macht gezeigt. Als er dir zum ersten Mal im Traum begegnete, wollte er dir sagen, was auf dich zukommt. Jetzt weißt du, dass er ein schrecklicher Feind sein kann, wild und zerstörerisch. Doch du hast auch seine heilenden Kräfte erfahren. Er hat dir den Weg des Heilens gewiesen …«

»Aber er hat mich auf meiner Seelenreise einfach angegriffen«, jammerte Enoyuk. »Er hat meinen ganzen Körper auseinander genommen.«

»Ja«, antwortete Alareak. »Aber er hat ihn dir auch

zurückgegeben. Er hat ihn wieder zusammengefügt, Stück für Stück. In den kommenden Wochen und Monaten wirst du spüren, dass du ein ganz neuer Mensch geworden bist – ein anderer, als du vorher warst. Du wirst ein starker, ein mutiger Schamane sein. Der Große Weiße hat dir sein Geschenk gegeben.«

Alareak stand auf, wickelte seine Trommel in eine schützende Decke und stellte sie zur Seite. Als er sich Enoyuk von neuem zuwandte, fragte er ihn: »Was hast du noch erlebt auf deiner Reise? Hast du deinen *tunraq* getroffen?«

»Ja, ich habe ihn tatsächlich gesehen«, antwortete Enoyuk und blickte versonnen an die Decke des Iglus. »Und ich bin in ein wundervolles Land hoch am Himmel gereist, in dem alles voller Licht war.« Sofort spürte er die kraftvolle Energie des Silberwolfes in seinem Herzen aufsteigen. Dann wandte er sich erneut seinem Lehrer zu und wollte ausführlich von seiner Begegnung berichten. Doch Alareak gebot ihm mit einer Handbewegung zu schweigen: »Mehr muss ich nicht wissen«, meinte er. »Du bist weit gereist, du hast deinen ersten *tunraq* kennen gelernt. Und der Große Weiße hat deinen Körper gesegnet. Genau das war das Ziel deiner Visionsreise heute Abend.«

Alareak holte etwas hervor – einen wunderschönen Gürtel aus Karibuleder, den er seinem jungen Gefährten zum Geschenk machte. »Nun bist du ein Schamane«, sagte er. »Du hast dir diesen Gürtel wirklich verdient. Trag ihn als Zeichen deiner neuen Rolle in dieser und der nächsten Welt. Gib niemals den Namen und die Natur deines *tunraq* preis – auf diese Weise bewahrst du dir seine Macht. Mal sein Bild auf deinen Gürtel und trag ihn immer bei dir. Der *tunraq* ist nun Teil deiner selbst. Immer wenn du auf eine Seelenreise gehst, nimmst du seine Magie mit dir. Du wirst in deinem Leben noch viele *tunraqs* treffen, sie werden ebenfalls in deinen Visionen zu dir kommen. So geschieht es bei allen großen Schamanen.«

All das lag nun lange Jahre zurück. Enoyuk blickte aus der Einsamkeit seines Iglus versonnen in das Licht der Dämmerung hinaus. Sein Lehrer Alareak war schon vor langer Zeit ins Reich der Geister gegangen. Er hatte das Polarlicht hinter sich gelassen und war ins Land der Ahnen zurückgekehrt. Nun war Enoyuk der Schamane dieser Gemeinschaft – ihr *angakoq*. Er war ihr Führer und wurde ob seiner magischen Kräfte und seiner Fähigkeit, mit den Geistern zu den »Alten« reisen zu können, hoch geschätzt.

Später an diesem Morgen begab Enoyuk sich ins Lager. Die Luft war nun frisch und wohltuend. Die Schneedecke war dünner geworden, auf dem Boden zeigten sich da und dort dunkle Flecken harter, grauer Erde. Der Winter neigte sich seinem Ende zu. Bald würde der Frühling kommen, die Sonne würde wieder höher steigen und die Eisschollen würden zu schmelzen beginnen. Jeden Tag würde die Sonne an Kraft gewinnen und den Menschen neue Hoffnung schenken.

Im Augenblick aber hatten die Härten des Winters in ihren Herzen und Köpfen Spuren hinterlassen. Viele fürchteten sich wegen der zunehmenden Lebensmittelknappheit. Auch die Vorräte an Robbenöl für die Lampen gingen langsam zur Neige. Bei der Jagd wurden immer weniger Seehunde und Walrösser gefangen. Man munkelte, Nuliajuk, die Herrin der Meeresgeschöpfe, habe ihren Segen von den Jägern des Lagers genommen.

Im Lager traf Enoyuk seine Schwester Nuutlaq, die dort mit anderen Frauen zusammen Robbenfleisch schnitt, um es zu kochen. »Diese Robbe, die Kadlajuk für uns gefangen hat, ist viel kleiner als die, die Nuliajuk uns gewöhnlich schickt«, berichtete sie. Enoyuk nickte zustimmend. Er wusste, dass sie eine unermüdliche Arbeiterin war, die sich selten beklagte. Dass sie es jetzt tat, zeigte, wie sehr sie sich um die Zukunft sorgte.

Einen Augenblick lang blieb Enoyuk neben ihr stehen und sah ihr bewundernd zu, wie sie mit ihrem kleinen, runden Messer das Fett von der Robbenhaut schabte. Dann kniete er sich neben sie und versicherte ihr, dass alles bald wieder besser werden würde. »Ich werde die Tiere zurückrufen«, sagte er. »Ich bin sicher, Nuliajuk wird uns helfen.«

Doch er war sich ebenso sicher, dass einige Mitglieder der Gemeinschaft Nuliajuks heilige Gesetze verletzt hatten, und dass ihre Missetaten für die schlechte Jagd während der letzten, kalten Monate verantwortlich waren. Er hatte Gerüchte gehört, Kadlajuk habe auf seiner letzten Ausfahrt einen Seehund getötet, ohne ihn vorher darum gebeten zu haben, sein Fleisch als Nahrung nehmen zu dürfen. Moraq sollte die Meeresgeschöpfe gar bei ihrem geheimen Namen genannt haben, was die Geister zutiefst beleidigte. Man munkelte, Tyara und Udluriak hätten Streifen von Karibufleisch für ihre hungrigen Kinder gekocht und nicht darauf geachtet, dass der Platz, auf dem sie es taten, vollkommen von Eis bedeckt war. Das Fleisch von Landtieren auf dem Eis zu kochen verstieß gegen die Sitten von Enoyuks Volk. Und daher wusste der Schamane, dass er trommeln, die Geister rufen musste, um mit ihrer Hilfe Nuliajuk aufzusuchen.

Auf seinem Weg durch das Lager befahl er Kadlajuk, Moraq, Tyara, Udluriak und ein paar anderen, heute Abend zu seinem Iglu zu kommen. Man würde die Geister holen und Enoyuk würde eine Reise in die steinerne Festung Nuliajuks auf dem Grunde des Ozeans unternehmen. Er würde die Meeresgöttin bitten, ihm die

Ursache für ihren Groll zu enthüllen, und sie beschwören, doch mehr Walrosse und Robben in die See zu schicken. Diejenigen, welche die heiligen Gesetze verletzt hatten, sollten ihre Verfehlungen bekennen. Erst danach würde der Bruch mit Nuliajuk geheilt werden können. Einzig und allein ihr Wohlwollen konnte dafür sorgen, dass es wieder mehr Fleisch für die Gemeinschaft gäbe.

Als die Gruppe sich in seinem Iglu versammelte, nahm Enoyuk seinen schweren Fellmantel ab und zog die Stiefel aus. In leichter Unterkleidung, ausgerüstet nur mit dem Schamanengürtel und seinem scharfen Jagdmesser, zündete er die kleine Lampe an. Im Iglu war es relativ dunkel, nur eine winzige Flamme flackerte. Die kleine Gemeinschaft wartete gespannt, beeindruckt von den tanzenden Schatten an der Wand.

Enoyuk nahm seine Rassel, schwang sie in alle vier Himmelsrichtungen und rief seine *tunraqs* um Beistand an.

Aus der schimmernden Dunkelheit des Nordens kam der Geist des Silberwolfs – der Helfer, den er auf seiner ersten Reise, noch unter der Führung Alareaks kennen gelernt hatte, und den er wegen seiner Treue und seiner Intelligenz liebte. Danach rief Enoyuk aus den winterlichen Wassern des Ostens den Geist des Walrosses – ein *tunraq*, der unter dem geschlossenen Eis Kraft und Mut bewies. Die Tundra im Süden sandte einen Eisbären – nicht den Großen Weißen, der einst seinen Körper auseinander genommen und wieder zusammengesetzt hatte, sondern einen anderen, den er nur mit seinem geheimen Namen kannte: »Der Schattenlose«. Der Bären-Geist war zu ihm gekommen, um ihm seine Ausdauer und seine Beweglichkeit zu Lande und zu Wasser zu schenken. Denn Eisbären sind nicht nur äußerst geschickte Jäger, die ihre Beute unermüdlich verfolgen, sie sind auch geschickte Schwimmer im eisigen Wasser. Und schließlich rief Enoyuk von den schneebedeckten Bergketten im Westen die weiße Schneeeule, eine Helferin, die nachts schaurige Rufe ausstieß. Sie besaß Macht über den Tod und wurde daher in Notzeiten angerufen, wenn das Leben selbst in Gefahr war.

Enoyuk begann, seine Trommel zu schlagen. Er sang seine mächtigsten Schamanenlieder und schuf so einen Klangtunnel, durch den er in seine Vision eintauchen konnte. Zuerst schienen seine Lieder und Beschwörungen tief aus dem Zentrum der kleinen Versammlung zu erklingen. Eisblaues Licht erfüllte den kleinen Raum. Die Klangsäule fand vor den Augen aller ihren eigenen Rhythmus. Vorbei der donnernde Schlag der Trommel, der Klang verwandelte sich in einen rauschenden Wasserwirbel. Ein Tunnel öffnete sich und Enoyuk stieg durch ihn in die Tiefe des Ozeans hinab. Aus allen vier Himmelsrichtungen von den Geistern beschützt, verschwand er vor den Augen der Anwesenden. Alles, was blieb, war das dumpfe Gurgeln des Wassers. Jeder wusste nun, dass Enoyuk auf die Reise in das Reich von Nuliajuk, der Meeresgöttin, gegangen war.

Enoyuk besuchte die Göttin nicht zum ersten Mal. Schon früher hatte Alareak ihn gelehrt, wie er durch die wirbelnden Tiefen des Ozeans bis vor die Tore von Nuliajuks Steinfestung gelangte. Er hatte ihm gezeigt, wie er die drei großen Felsen überwinden konnte, die den Eingang zu ihrem Reich in der Geisterwelt versperrten. Und er hatte gelernt, sich vor dem gewaltigen Seehund nicht zu fürchten, der unerwünschte Besucher vertrieb. Nachdem sie beide gemeinsam Nuliajuks geheimes Reich betreten hatten, hatte Enoyuk voller Ehrfurcht beobachtet, wie der alte Schamane die Meeresgöttin mit seinen heiligen Liedern besänftigte.

Und so hoffte Enoyuk, dass Alareaks Geist ihn auch dieses Mal begleiten würde, denn es war wundervoll, die Anwesenheit seines verstorbenen Freundes und Lehrers zu spüren. Er war sicher, dass er Nuliajuk mit seiner magischen Kraft und seinem Wissen davon überzeugen konnte, seinem Volk zu helfen, das von ihrer Hilfe abhängig war. Ohne den Segen der Göttin würden die

Geschöpfe des Meeres sich in den Tiefen des Ozeans verbergen und Enoyuks Volk musste hungern.

An der tiefsten Stelle der See erreichte Enoyuk endlich die Insel, auf der Nuliajuk und ihre Tiere die steinerne Festung errichtet hatten. Es war ein geheimer Ort, denn nur Schamanen mit der Kraft der Vision wussten, dass tief im Ozean verborgen dieses Reich lag, in dem es Land, Meer und Himmel gab wie auf der Erde. Von ihrem steinernen Schloss aus beobachtete Nuliajuk, was sich in der Welt über ihr tat.

Enoyuk ging direkt auf die Pforte zu und beachtete das Fauchen des Seehundes nicht. Kaum eingetreten sah er Nuliajuk, die mitten in einer weitläufigen Halle saß, von ihren Geschöpfen umgeben. Sie saß mit dem Rücken zur Tür, sodass Enoyuk ihr Gesicht nicht sehen konnte. Doch er wartete nicht, bis sie sich umdrehte, sondern kündigte sich an:

»Ich bin Enoyuk aus Fleisch und Blut«, rief er mit fester Stimme. »Ich bin in dein Reich gekommen, um dich um Hilfe für mein Volk zu bitten.«

Nun wandte Nuliajuk ihm ihr Gesicht zu. Natürlich wusste sie, was dieser Schamane wollte, der so plötzlich in ihrer Welt auftauchte. Schamanen kamen immer dann zu ihr, wenn ihr Volk litt, wenn die Dämonen von Hunger und Krankheit durch das Land zogen.

Sie wusste, dass ihre Herrschaft über die Geschöpfe des Meeres ihr Macht über die Jäger und ihre Beute verlieh. Doch sie fürchtete auch Enoyuks Messer, denn einst hatte auch sie unter den Menschen gelebt und war von ihnen schlecht behandelt worden. Sie musste an ihren Vater denken, der mit seinem Messer ihre Finger abgehackt hatte, als sie sich im Sturm verzweifelt an den Bootsrand geklammert hatte.

Sie unterdrückte ihre Furcht und fragte Enoyuk nach seinem Begehr: »Ich weiß, von welchem Volk du kommst. Ich weiß, dass du ein Wesen aus Fleisch und Blut bist. Ich habe beobachtet, wie du aus dem Land der Lebenden hierher kamst. Und ich weiß sehr gut, dass dein Volk hungert, dass kaum noch Robben und Walrosse da sind, die sich von euren Jägern fangen lassen. Ich habe sie hierher befohlen, zu mir, denn ich bin erzürnt über das, was die Menschen in deinem Lager mir angetan haben.«

Bevor Enoyuk ihr noch antworten konnte, fuhr Nuliajuk fort: »Sieh, wie viel Schmutz von deinem Volk hier herunter kommt. Sieh, mit welch dunklen Flecken mein Körper bedeckt ist. Der Schlick kommt von euren Missetaten. Ihr habt das geheiligte Gesetz gebrochen, habt die Gebote verletzt, welche die ›Alten‹ euch auferlegt haben. Als hoch geehrter *angakoq*, als Führer deines Volkes, musst du wissen, dass einige Mitglieder eurer Gruppe die heiligen Lehren missachtet und Dinge getan haben, die ihnen verboten waren.«

Und dann hörte Enoyuk, dass Kadlajuk, Moraq, Tyara und Udluriak die Herrin der Meeresgeschöpfe tief gekränkt hatten, und Trauer stieg in ihm auf. Er spürte die Verletzung, die man der Göttin angetan hatte, der heiligen Hüterin, die sie während ihres ganzen Lebens umhegte und versorgte. Mitleid ergriff sein Herz, und er wollte sie besänftigen und ihr eine Freude machen, statt sie zu drängen.

Nuliajuk war immer noch schön, obschon die Missetaten der Menschen im Laufe der Zeit ihre Haut beschmutzt, ihren Körper geschwächt hatten. Ihre Augen waren voller Tränen. Auf ihrer Seele lastete die Bürde der Welt, die menschliches Versagen ihr auferlegte. Das Schicksal hatte bestimmt, dass Nuliajuk ihre Tränen nicht mit ihren Fingern wegwischen konnte. Denn ihre Finger waren zu Robben, Walen und Walrossen geworden, die in ihrem Reich Schutz fanden. Und so brauchte sie die Hilfe der Menschen.

Enoyuk nahm ihren Kamm zur Hand und begann, sanft ihr wirres Haar zu glätten, die Verknotungen zu lösen, sodass es wieder in langen Strähnen über ihren Rücken fallen konnte. Dann begann er, mit zärtlichen Bewegungen den Schlick abzuwaschen, den die menschlichen Untaten auf ihrem müden Körper hinterlassen hatten.

Aus der Tiefe seiner Seele erklangen wunderbare, magische Lieder. Sein Lehrer hatte sie ihm beigebracht, und nun war er es, der für Nuliajuk sang, um ihr zu versichern, dass er in friedlicher Absicht hierher gekommen war. Er sang von der Geburt des Landes aus dem Wasser ... von der Heilung der Welt und ihrer Völker ... von den Meeresgeschöpfen, die sich im endlosen Zyklus von Leben und Tod opferten, um die Menschen zu nähren und in Harmonie mit der Welt zu leben. Als Enoyuk fertig war, versprach Nuliajuk ihm, dass sie sein Lager wieder segnen würde. Und sie würde Robben und Walrosse ins Meer zurückkehren lassen.

Enoyuk dankte der Göttin für ihre Güte und nahm Abschied, um sich auf den Weg zurück zu machen. Bald fand er den wirbelnden Wassertunnel, der Nuliajuks Reich mit seiner Welt verband – dieser brachte ihn aus den Tiefen des Ozeans und durch bedrohliche Eisschollen zurück in die vertraute Atmosphäre seines Iglus.

Als er langsam zurück an die Oberfläche trieb, vernahm Enoyuk die erwartungsvollen Stimmen seiner Gefährten. Er sah seine *tunraqs*, die den Ausgang des Tunnels in allen vier Himmelsrichtungen bewachten. Schließlich ließ er die dicken Schichten aus Erde und Eis unter seinem Iglu hinter sich und nahm mit einem Freudenruf seinen Platz in der Mitte der schamanischen Versammlung ein.

Enoyuk war sicher zurückgekehrt und wurde von seinen Stammesmitgliedern herzlich begrüßt. Er ruhte sich auf einer Karibudecke aus, während seine Freunde um ihn herum saßen. »Die große Göttin Nuliajuk hat unseren Ruf vernommen«, berichtete er. »Ich habe sie in den Tiefen des Ozeans aufgesucht. Ich bin in ihr Schloss eingetreten, das nur ein *angakoq* besuchen darf. Ich war in ihren geheimen Räumen, habe ihr Haar gekämmt, ihren Körper gereinigt und ihr die heiligen Lieder unseres Volkes vorgesungen. Daher kann ich sagen, dass Nuliajuk unseren Hilferuf erhört hat. Sie wird mehr Robben und Walrosse in den Ozean schicken, und wir werden genügend Nahrung für die kommenden Monate haben.«

Dann hielt Enoyuk inne, um seinen nachfolgenden Worten mehr Nachdruck zu verleihen.

»Doch sie befahl auch, dass all diejenigen, die gegen ihr heiliges Gesetz verstoßen haben, ihre Missetaten öffentlich bekennen müssen. Jeder von euch, der gegen unsere Gebote verstoßen hat, muss Wiedergutmachung leisten. Jeder von euch muss bekennen, was er getan hat.«

Wieder tanzten Schatten über die Innenwand des Iglus, als Kadlajuk vortrat, um vor der Gruppe einzugestehen, dass er tatsächlich einen Seehund getötet hatte, ohne diesen vorher um Erlaubnis gebeten zu haben. Dann legte Moraq offen, dass auch er gegen die uralten Gesetze der

Tiergeister verstoßen hatte, indem er die Geschöpfe des Meeres bei ihren geheimen Namen genannt hatte. Schließlich gaben Tyara und Udluriak zu, dass sie es gewesen waren, die Streifen von Karibufleisch auf dem Eis zubereitet hatten, um ihre hungrigen Kinder zu versorgen. Doch es verstieß gegen die Gesetze des Stammes, Fleisch von Landtieren auf dem Eis zu kochen. Jeder der vier bat um Vergebung und flehte die Geister an, ihre tief empfundene Reue anzunehmen. So legten sie den Grundstein dafür, dass Nuliajuk ihnen in den kommenden Monaten wieder ihren Segen zuteil werden lassen konnte.

Der Winter wich dem Frühling und in Enoyuks Stamm breitete sich eine friedliche, freudvolle Stimmung aus. Die Eisschollen begannen, an den Rändern zu schmelzen. An manchen Stellen konnten die Jäger nun sogar ihre Beute durch die dünn gewordene Eisdecke hindurch erjagen. Robben und Walrosse ließen sich vom Kajak aus erlegen. Das Volk war dankbar, weil Nuliajuk ihm wieder ihren Segen zuteil werden ließ.

Dann erhielt Enoyuk eines Morgens ein Zeichen, eine Botschaft aus dem Land jenseits des Lichtreiches. Er wanderte allein den Strand entlang und hielt auf die Steilküste von Three Ravens zu. Gedankenverloren überlegte er, wann er wohl das Volk zusammenrufen würde, um das

Winterlager weiter ins Landesinnere hineinzuverlegen. Doch plötzlich zog etwas anderes seine Aufmerksamkeit auf sich …

Zuerst vernahm er nur eine wundervolle Weise, einen Spirit-Song, wie er noch nie einen gehört hatte. Das Lied war von einer außergewöhnlichen Schönheit, die alle menschlichen Klänge übertraf. Es schien von den schneebedeckten Hügeln zu kommen, die den Strand umschlossen, auch wenn es in Wahrheit nicht von dieser Welt war. Enoyuk spürte, wie diese Töne in ihm widerhallten, in ihm ein Gefühl von Erneuerung und Heimat erweckten. Während er dem Zauberlied hingegeben lauschte, sah er, dass es einen Kreis aus silbernem Licht geschaffen hatte – den seine vier *tunraqs* bewachten.

Hoch über dem Kreis zeichneten sich die Umrisse der weißen Schneeeule ab. Links davon saß sein Walross-Geist, rechts der Bär, den er nur als den »Schattenlosen« kannte. Und auf einem schneebedeckten Felsen direkt unter dem Lichtkreis sah Enoyuk seinen Silberwolf, der das schimmernde Licht hütete wie ein heiliges Tor. Der Silberwolf war der erste Verbündete gewesen, der aus dem Land des Lichts zu ihm gekommen war. Und so nahm er in seinem Herzen einen besonderen Platz ein. Jetzt vernahm Enoyuk deutlich, wie der Wolf ihn rief. Er bat ihn, näher zu kommen und in den Lichtkreis zu treten, um von dort aus eine heilige Reise anzutreten. Gemeinsam, so ließ er ihn wissen, würden sie sich ins Reich der »Alten« begeben.

Als Enoyuk auf den Lichtkreis zuging, spürte er, dass es eine Reise sein würde, wie er sie noch nie unternommen hatte. Und immer noch rief ihn der Silberwolf, rief ihn zur heiligen Suche. Als *angakoq* seines Volkes musste Enoyuk diesem Ruf gehorchen. Doch da er seinem Helfergeist vertraute und deshalb sicher war, dass der Ruf von den »Alten« kam, stellte Enoyuk sich in die Mitte des Kreises; er folgte seinem Wolf, während die anderen *tunraqs* das »Tor« bewachten. Immer noch hallte der Spirit-Song in ihm wider, bezauberte ihn mit seiner Schönheit, erfüllte ihn mit Mut und Kraft.

Er spürte, wie er nun Zeit und Raum verließ. Er reiste in einem Tunnel aus schimmerndem Licht, der mit der Welt, die er aus seinem Wachzustand kannte, nichts gemein hatte. Und er wusste, dass er mit seinen Geist-Augen sah, weil er das Gewicht seines Körpers nicht fühlte und seine Umrisse nicht wahrnahm. Trotzdem war sein Blick sehr klar, reichte sogar bis zum Horizont. Der Silberwolf ging ihm immer noch voran. Hin und wieder blickte er sich um, ob Enoyuk ihm auch folgte.

Enoyuk spürte keinen Luftzug auf dem Gesicht. Dennoch empfand er deutlich, dass er sich schnell bewegte. Er flog über weite Regionen, in denen gerade die Schneeschmelze begann, überquerte die Tundra, ließ Seen und Berge hinter sich, die er noch nie zuvor gesehen hatte. Er schien sich hoch in den Himmel zu erheben, auf das Land des Lichts zu, ins Herz der Welt, deren Pfade von den Fackeln der Ahnen erleuchtet wurden.

Er näherte sich einer Art Lager. Aus der Ferne konnte er eine Ansammlung von Iglus und Schneehütten erkennen, die jenen ähnelten, die er gerade hinter sich gelassen hatte. Das Lager kam ihm vertraut vor. Als er näher kam, sah er, dass eine Schar Menschen sich dort versammelt hatte, um ihn willkommen zu heißen. Scharf zeichneten sie sich vor dem Licht von hundert Silbermonden ab.

Zu seiner großen Überraschung war seine geliebte Mutter Seelaki unter ihnen, und auch Kaormik, sein Vater. Beide waren schon vor langer Zeit in die Geisterwelt zurückgekehrt. Auch sein Schamanenlehrer Alareak war da und er sah aus wie immer: Voll heller, wacher Präsenz strahlte sein Gesicht eine Weisheit aus, die er in langen Jahren erworben hatte.

Die drei begrüßten ihn freudig. Enoyuk war so glücklich, sie alle wieder zu sehen. Doch als er sie gerade nacheinander umarmen wollte, wurde er erneut gerufen. Der Spirit-Song umfing ihn wieder und trug ihn auf den Flügeln des Geistes in eine Welt, die jenseits des Reiches der menschlichen Seelen lag. Die Gesichter verschwanden aus seinem Blickfeld und lösten sich in Licht auf. Noch immer lief ihm sein Silberwolf voran und mahnte Enoyuk zur Eile. Hin und wieder drehte er sich um, um nachzusehen, ob Enoyuk ihm folgte.

Vor ihm erhob sich nun eine schimmernde Wolke, die den gesamten Horizont einnahm. Aus ihr ragten drei schneebedeckte Gipfel hervor, einer höher als der andere. Auf dem höchsten Berg aber stand ein heiliges Wesen: Sila, der Herr der Lüfte. Nun wusste Enoyuk, dass er tatsächlich ins Reich der »Alten« gerufen worden war, ein ewiges Reich, das schon da war, bevor Jahreszeiten und Wasser, Himmel und Menschen geschaffen wurden. Sila selbst war es, der jedem neugeborenen Geschöpf auf dieser Erde Leben einhauchte. Sila herrschte über die Kräfte des Himmels. Erzürnte das Volk ihn, so sandte er Schneestürme und raues Wetter. War er jedoch glücklich, so schickte er seinen Geist zur Erde, um sich mit ihr zu vereinigen. Dann wurde das Wetter mild, und die Winde legten sich.

Der Anblick Silas flößte Enoyuk Ehrfurcht ein. Er war in den Mantel des Windes gehüllt, sein uraltes Gesicht wirkte wie verwitterter Fels. Seine Augen waren wie silberne Blitze, und er sprach mit tiefer Stimme von der zerstörerischen Kraft des Sturms und der Lebendigkeit des

Lebens, erfüllt von Zuversicht und Möglichkeiten. Er war es, der Enoyuk, den *angakoq* seines Volkes, gerufen hatte.

Nun sprach Sila in Worten des Geistes zu Enoyuk, die wie ein tiefer Atemzug alle Poren seines Seins durchdrangen. Sila ließ ihn wissen, dass die Welt bald wieder von Stürmen und Unwettern erschüttert werde. Die »Alten« seien zornig, weil die Menschen sich nicht mehr an die Gebote hielten. Die Jäger gehorchten den alten Gesetzen nicht mehr. Mütter und Kinder hielten sich nicht mehr an das, was sie einst gewusst hatten. Der Menschen Herzen seien erfüllt von Gier und Bosheit. In allen Ländern der Welt hatten die Völker die Lehren der »Alten« vergessen, die sie aus Liebe einst auf die Erde gebracht hatten. Nun könnten die Menschen einander nicht mehr vertrauen. Und das bedeute, dass das Lied des Lebens in ihren Herzen verstummt sei.

Es müsse also eine Läuterung stattfinden, eine tiefe Erneuerung, die eine neue Welt aus der alten entstehen lassen würde. Daher riefen die »Alten« bewährte Schamanen aus den vier Himmelsrichtungen zum Zentrum der Welt. Dort würde sich das Große Lied des Lebens erneut zum Himmel erheben. Götter und Göttinnen würden zusammenkommen, die Herrscher der Himmel, der Meere und der Erde, um den Menschen aller Länder ein letztes Mal ihren Segen zu geben. Nur so könne das

Leben fortbestehen. Und er, Enoyuk, sei auserwählt worden, um an der Wiedergeburt der Welt teilzuhaben.

Sila gebot Enoyuk nun, ihn zu begleiten. Sein treuer Silberwolf, der ihn hierher gebracht hatte, solle allein zurückkehren.

Sila und Enoyuk erhoben sich in die Lüfte und durchflogen den Raum. Bald hatten sie die schneebedeckten Gipfel von Silas Reich hinter sich gelassen, das Land des Lichts durchquert. Das Reich der menschlichen Seelen lag weit unter ihnen. Sie reisten durch eine dem Menschen gänzlich unbekannte Welt.

Es war das Land des Uranfangs, das Land des Anbeginns der Zeit. Ein Ort, den es immer schon gegeben hatte, noch vor den ersten Ozeanen, Felsen und Bergen. An diesem Ort waren in grauer Vorzeit die großen Götter und Göttinnen aus allen Himmelsräumen zusammengekommen, um eine Welt zu erschaffen, in der es Wasser, Land und Luft geben sollte. Eine Welt, die sich allmählich mit Pflanzen und lebenden Geschöpfen füllte, damit sie zur Heimat des Menschen werden konnte. So beschlossen es die mächtigen Götter und Göttinnen. Und so entstand die Welt.

Jetzt aber kamen dunkle, raue Zeiten auf die Welt zu. Die erhabenen Götter und Göttinnen hatten es vorhergesehen. Und so hatten sie entschieden, dass das Große Lied des Lebens noch einmal erklingen sollte, um die Welt zu erneuern. Und die Welt würde so von neuem den Segen der »Alten« erlangen.

Daher brachte Sila den Schamanen, dem er vertraute, seinen *angakoq* Enoyuk, an den Großen Geistsee, einem Binnensee im Zentrum der Welt. Es war der »See, Aus Dem Alles Hervorging«. Dort würden Sila und Enoyuk warten, denn die »Alten« suchten in allen Teilen der Welt nach würdigen Boten. Waren diese gefunden, so würden sie einen heiligen Gesang anstimmen – für all jene, die ihn hören konnten.

Ziel und Zweck dieser Suche war es, Schamanen aus allen vier Himmelsrichtungen – dem Norden, dem Süden, dem Osten und dem Westen – zusammenzurufen. Die Schamanen des heiligen Gesanges würden als Hüter des Großen Geistes hierherkommen … und als Zeugen für die Wiedergeburt der Welt.

Süden

Als die Nacht hereinbrach, kehrte Kalu zu der Höhle zurück, wo er seinen *churinga*, seinen Seelenstein, und seine anderen geheimen Besitztümer aufbewahrte. Die Höhle war warm und behaglich. Hier hatte er immer das Gefühl, im Schoß der Erde zu sitzen, geborgen bei den Geistern und der Erdmutter selbst. Er hatte diese Höhle ausgewählt, weil ihr Eingang nur vom Gipfel des Steilhangs aus zu sehen war. Sie öffnete sich nur dem, der vorher einen hohen Felsen erklommen hatte, der sich als Wächter über die endlose, rote Weite der Wüste erhob. Es war ein geheimer Ort. Kalu wusste, dass sein *churinga* hier sicher sein würde.

Von seinem Platz aus konnte Kalu weit in die Ferne sehen, hinweg über die weißrindigen Eukalyptusbäume an dem Bachlauf tief unter ihm, über das Spinifex-Büschelgras und die Grasbäume hinaus bis zu den purpurfarbenen Bergen am Horizont. Das war das Traumpfad-Land der Sandechsen, dem auch er angehörte. Er war der Hüter dieses Landes. Es war sein Land, und vor ihm war es das Land seines Vaters gewesen. Seine Aufgabe war es, das Land zu bewahren. Er hatte darauf geachtet, seit Talpu, sein Vater, ihn zum Mann initiiert hatte. Noch heute spürte er, wie sich bei seinem Initiationsritual die glühenden Kohlen in seine Haut drückten, die bald über und über von Brandwunden bedeckt war. Er erinnerte sich an den unerträglichen Schmerz – und dass er ihn lautlos ertragen musste –, als man seine Vorhaut mit einer scharfen Klinge entfernt hatte. Danach hatte Talpu ihn in die geheimen Traumpfade des Landes eingeweiht. Auf diesen Wegen waren die Geister ihrer Vorfahren gewandelt, in der Morgendämmerung der Zeiten, der geheiligten Zeit der Schöpfung, als die geistigen Mächte das Land geformt hatten und das Alte Gesetz entstanden war. Talpu hat ihm gezeigt, wo ihr Vorfahr, der Sandechsen-Mann, auf seinen Wanderungen Wasser gefunden hatte, wo er Felsenkämme gebaut und Erdlöcher gegraben hatte, um sich darin auszuruhen.

Er hatte ihm gezeigt, wo er den Tanz des Sandechsen-Geistes getanzt hatte und wo das Lied, das alle Sandechsen als ihres kennen, im Büschelgras erklungen war. Und schließlich waren sie an den Ort gekommen, an dem der Sandechsen-Mann sich tief in den Boden gegraben hatte, wie die kleinen Sandechsen es heute noch tun. Hier hatte ihr Ahne bis heute sein Zuhause.

Denn Kalu wusste, dass die *tjukurrpa*, die Traumzeit, heute noch bei seinem Volk war, auch wenn die Morgendämmerung der Schöpfung vor Anbeginn der Zeit längst vorüber war. Der Traum war überall. Er steckte in den Felsen und der Erde, in den Wasserlöchern und Bachläufen. Er ruhte in den Pflanzen, den Vögeln und den Tieren, die sie jagten. Im Himmel, in den Wolken, in den Jahreszeiten, die Regen und Wachstum brachten. Und natürlich in den Menschen, denn sie waren es, die den Traum hüteten – von einem Ende des Landes zum anderen, von den windgepeitschten Küsten bis zu den fruchtbaren Tälern und den Wüsten im Binnenland. Kalu wusste, dass die Traumzeit in jeder menschlichen Seele Gesetz war. Sein Volk wusste, dass es dieses Land hüten musste, da es aus dem Land entstanden war und zu ihm gehörte – Fleisch war von seinem Fleisch. Wenn sie das Land richtig hüteten, würde die Zukunft Überfluss bringen, weil der Segen der Ahnen auf ihnen lag.

Als die dunklen Schatten der Nacht sich über die Felshöhle legten, machte Kalu ein kleines Lagerfeuer am Eingang, um es hell und warm zu haben. Dann zog er sich in die Höhle zurück, wo er mit ein paar alten Decken sein Lager errichtet hatte. Tief in der Höhle hatte er seinen *churinga* verborgen, einen flachen Steintalisman, den er erhalten hatte, als er zum Mann geworden war. Ehrfürchtig hielt er ihn eine Weile in Händen und betrachtete die geheimen Zeichen, mit denen er bedeckt war. Sie erzählten die Geschichte seiner Ahnen und ihrer Wanderung während der Erschaffung der Welt.

Nun spürte Kalu, wie das Heilige Lied der Sandechse in ihm aufstieg und ihn stärkte. Er lauschte dem Lied, das ihm die Geschichte der Sandechsen-Ahnen und ihrer Kraftwege durch das Land erzählte. Kalu kannte all die heiligen Orte, von denen dieses Lied handelte. Orte, an denen der Geist des Landes donnernd aus der roten Erde sprach – mit der Stimme seiner Geist-Vorfahren. Und er wusste genau, wo ein Gebiet endete und das andere begann; wo die lebenserhaltende Macht der heiligen Lieder der einen Gruppe ihre Grenzen hatten, wo die Geistlieder der einzelnen Traumgruppen sich überschnitten.

Kalu wusste, dass dieses Land ein Geflecht war, das sich aus verschiedenen Liedern zusammensetzte und eng mit der Gestalt des Landes verwoben war. Jeder Hüter kannte nur einen kleinen Teil, über den er zu wachen hatte. Sein Land, das Traumpfad-Land der Sandechsen, war der Ort, an dem die Ahnen beschlossen hatten, dass hier gejagt werden konnte. Hier boten sich dem Speer große Tiere, die, sobald sie erlegt waren, ins Lager geschleift wurden. Früher oder später würden die großen Tiere kommen, wenn Kalu nur geduldig war. Er würde vielleicht einen Emu erlegen können, ein graues Känguru oder ein Wallaby. Dann hätte seine Familie im Lager genug Fleisch.

Bei Tagesanbruch stieg Kalu mit Speer und Holzkeule vom Felsenkamm herab. Er trug nur seinen Haarschnurgürtel und einen Streifen Stoff um die Stirn, der seine Augen vor der gleißenden Sonne schützen sollte. Leise wie auf Kriegspfad schlich er durch den Bachlauf, ließ die Eukalyptusbäume hinter sich und lief barfuß die sandigen Hügel zum Lager der Männer hinauf. Dort wollte er seinen Stammesbruder Winjin treffen, um mit ihm zusammen auf die Jagd zu gehen.

Als Kalu beim Lager ankam, wartete Winjin bereits auf ihn. Kurz darauf wanderten die beiden Männer schon durch das Mulga-Buschland zum Wirringis-Loch, ein Wasserbecken im Felsen, an das viele Tiere zum Trinken kamen. Dort war die Jagd meist gut. Wie Kalu war auch Winjin ein Sandechsen-Mann. Da sie derselben Sippe angehörten, konnten sie miteinander im selben Gebiet jagen. Auch Winjin war der Hüter eines Landstriches, der ihm vom Volk seiner Mutter überantwortet worden war. Doch dieses Land lag weit weg, im Westen, noch hinter Arimala. Hier im Sandechsen-Land kannten beide Männer dieselben Traumpfade. Sie teilten dieselben geheimen Geschichten ihrer Sandechsen-Ahnen, die Gesänge und Tänze der Sandechsen, die ihnen vor langer Zeit von ihren Vätern mitgegeben worden waren, als man sie zu Männern gemacht hatte.

Als sie das Dünenland durchquerten, las Kalu die Spuren auf der roten Erde – geknickte Grashalme, Fußspuren, verstreute Blätter und Samenkapseln. Er war schon lange als Fährtensucher im Buschland unterwegs, er kannte die Gegend gut und wusste genau, welche Früchte, Wurzeln und Samen ihm und seinem Jagdgefährten als Nahrung dienen konnten.

Doch dieses Mal war es Winjin, der das graue Känguru zuerst sah – weit in der Ferne, in der Nähe des Wasserlochs. Ein großes, schönes Tier. Es stand da wie angewurzelt, als fühlte es ihre Gegenwart. Ängstlich suchte es das Buschland nach Zeichen eines bevorstehenden Angriffs ab. Winjin wusste, wie er das Känguru beschwören musste. Er sang das Lied der Jagd, um das graue Känguru zur Unterwerfung zu bringen. Das Tier hörte es und blieb an Ort und Stelle stehen. Bald war Winjin nahe genug, um das Känguru deutlich sehen zu können. Doch er schob sich noch näher heran, bis er ihm direkt ins Auge blicken konnte, und hielt den ängstlichen Blick des Tieres mit aller Macht seines Geistes fest. Schließlich warf er seinen Speer mit aller Kraft, dieser traf das Känguru in die Brust und erlegte es.

Als sie neben dem Tier standen, dankten Winjin und Kalu für das Geschenk, das die Ahnen ihnen gemacht hatten. Es war ein großes Känguru, ein Männchen von kräftigem Körperbau mit einem langen Schwanz. Sein Fleisch würde sie viele Wochen lang ernähren. Sie legten den schweren Körper über zwei Eukalyptusstangen und hoben diese auf ihre Schultern. So transportierten sie das Känguru zu ihrem Lager zurück.

Im Lager gab es zwei Gruppen von Rindenhütten – eine für die Männer und eine zweite für Frauen und kleine Kinder. Sie lebten voneinander getrennt und trafen sich nur am Lagerfeuer. Wie alle Männer, so wussten auch Winjin und Kalu, dass das Leben der Frauen sie nichts anging. Frauen hatten ihre eigenen heiligen Pfade, die ihnen allein gehörten, so wie die Männer die ihren besaßen. Das wollte ihr Gesetz. Nur die Nahrungsbeschaffung war Sache beider Geschlechter. Während Winjin und Kalu auf die Jagd nach größerer Beute gegangen waren, hatten die Frauen den Busch nach essbaren Dingen durchkämmt. Sie gruben zum Beispiel mit Mulga- und Coolamon-Stöcken wilde Kartoffeln aus. Bis zum Abend hatte Winjins Frau Jorna eine schöne Menge Yams beisammen, die man im Lagerfeuer rösten konnte. Ihre Schwester Biddy und die Kinder hatten ein paar schöne, fette Larven gesammelt und eine Hand voll kleiner Buschtomaten. Kalus junge Frau Tilo brachte Samen und wilde Pflaumen.

Diese Nacht schlug das Lagerfeuer hohe Flammen.

Heute hatten sie genug für alle – nahrhafte Dinge, die sie lange sättigen würden. Die Ahnen hatten sie wieder einmal gesegnet. Endlich konnte Kalu einmal mit Jiri, seinem ältesten Sohn, spielen, für den bald die ersten Initiationsrituale anstanden. Diese Rituale würden ihn zum Mann machen. Und er hatte Zeit für Tilo, der er versicherte, dass er sie liebte, obwohl Männer am Lagerfeuer eigentlich keine Gefühle zeigten. Aber es stimmte: Tilo nahm einen festen Platz in seinem Herzen ein, auch wenn die Jagd ihn manchmal Tage und Nächte vom Lager fern hielt.

Und so summte Kalu ein Lied für sie, das Tilo noch kannte. Er hatte es damals für sie gesungen, als sie sich zum ersten Mal geliebt hatten, beim Wasserloch in der Nähe des Lagers. Und die Geist-Kinder, die ihre Ahnen dort hingeschickt hatten, hatten in ihrem Körper Gestalt angenommen. Bald bemerkte sie, dass sie schwanger war. Und auch, dass die Ahnen beschlossen hatten, dass sie und Kalu Mann und Frau sein sollten. Die Ältesten im Lager waren ebenfalls der Ansicht, dass es richtig war.

Doch Kalu würde bald wieder weg müssen. Der Tag nach der Jagd brachte einen völlig unerwarteten Regenschauer. Und wieder einen Tag darauf, sah er drei gelbe Blumen, die in einer Linie auf der roten Erde wuchsen. Sie wiesen in die Richtung von Kalus Geist-Heimat. Kalu wusste, dass es ein Zeichen der Ahnen war. Sie riefen ihn:

Er würde ganz allein eine Reise ins Land seiner Geburt unternehmen müssen.

Also verabschiedete er sich von Tilo und Jiri und seinen anderen Freunden im Lager. Er packte seine Jagdwaffen zusammen und machte sich auf den Weg. Tage- und nächtelang würde er von seiner Familie getrennt sein. Zuerst musste er in seine geheime Höhle zurück, um seinen Seelenstein zu holen. Dann würde er sich nördlich halten und dabei den heiligen Wegweisern auf den Felsen und dem Erdboden folgen. Nach Einbruch der Nacht würden die Himmelsgeister ihn beschützen, deren Heimat die Nacht war. Kalu wusste, dass es im Buschland auch feindlich gesonnene Geister gab, vor allem in den Bachläufen und Wasserlöchern, die zum Gebiet einer anderen Sippe gehörten und die er durchqueren musste. Vielleicht würden Rachegeister ihn angreifen. Doch er wusste auch, dass die Macht des Sandechsen-Liedes in seinem Herzen war. Sie würde ihn führen. Kalu spürte, dass die Geister seiner Reise wohl gesonnen waren. Sie würden ihn beschützen. Und schließlich hatte er ja auch noch seinen *churinga*.

Er ließ das Lager zügig hinter sich. Er durchquerte den Bachlauf mit den Eukalyptusbäumen, lief durch das Buschland, entlang Spinifex und Grasbäumen. Bald zeichnete sich der Wächterfelsen am Horizont ab. Ein Schwarm roter und grüner Loris flog vorbei und grüßte ihn mit rauem Ruf. Kurz darauf kletterte er über hohe Felsen, um den Eingang zu seiner Höhle zu erreichen.

Dort war alles, wie er es verlassen hatte – bis auf eines. In der Nähe des Höhleneingangs hatte jemand mit zarten, weißen Federn auf der roten Erde die Umrisslinie des heiligsten Zeichens auf seinem *churinga* ausgelegt – ein Symbol, das ihm die Ahnen selbst vor langer Zeit gegeben hatten. Und doch war Kalu sicher, dass kein Mensch in seiner Höhle gewesen war. Nichts war berührt worden. Sein *churinga* lag immer noch sicher in seinem Versteck in der Höhle, unberührt. Kalu wusste, dass es nur die Geist-Helfer gewesen sein konnten. Sie mussten hier gewesen sein. Also nahm er die Federn als besonderes Zeichen: Die Ahnen wollten, dass er sich in seine geistige Heimat begab.

Als er von dem Felsenkamm herabstieg, trug er außer seinen Jagdwaffen auch seinen *churinga* mit sich. Er schlug einen Weg ein, der ihn weit weg vom Lager, in die Nähe der purpurfarbenen Berge am Horizont führen würde. Dort lag die südliche Grenze des Sandechsen-Landes, die in den heiligen Liedern beschrieben wurde.

Da Kalu noch vor Einbruch der Dunkelheit in seiner Geist-Heimat sein wollte, durchquerte er schnell die steinigen Ausläufer der Nallelunga-Berge und schritt durch ein ausgetrocknetes Bachbett voran, dessen hohe Felswände ihm ausreichend Schutz vor der Kraft der Sonne gewährten. Dann kam er an einen sumpfigen Teich, umgeben von Felsen, in dem viele schwarze Reiher standen. Dieser Platz sollte angeblich von bösen Geister bewohnt sein, daher ließ er ihn möglichst schnell hinter sich.

Jenseits des Felsentümpels standen Rotrinden-Eukalyptusbäume und Akazien, das Federgras war mit weißen und roten Blüteninseln durchsetzt. Doch Kalu musste weiter. Er stieg die hohen, verwitterten Felsen hinan, die den Pfad über den Kamm markierten, seit seine Ahnen zum ersten Mal das Land durchquert hatten. Als er den Felsenkamm überschritten hatte und die Ausläufer der Berge am Horizont ansteuerte, merkte er, dass seine Geist-Heimat nicht mehr weit war. Mit jedem Schritt fühlte er, wie das Lied des Sandechsen-Geistes in ihm stärker wurde. Die Erde schien es zu singen, um ihn zu begrüßen.

Als Kalu dort ankam, stand die Sonne schon sehr tief. Rotgoldene Lichtschleier fielen über die uralten Felsen, und Kalu wusste, dass nun auch die »Alten« hier waren. Es war das Reich der Geister, der »Alten« und der Ahnen, ein Land, das von der Traumzeit gesegnet war und daher von seinem Volk tief verehrt wurde. An diesem Ort war der Traum besonders stark. *Kunrupa*, die Lebenskraft, schien wie heilender Balsam aus der Erde aufzusteigen. An diesem Ort erklang das Lied aus Bäumen, Vögeln und Felsen

– es war ein Ort, an dem Seele und Land besonders eng miteinander verbunden waren. Doch vor allem war es ein Ort des Lauschens, weil dort die Geschichten der Erde von neuem erklangen – dieses Mal erzählt von den Geistern und den »Alten«, die die Bedeutung dieser Sagen schon seit grauer Vorzeit kannten.

Dann stand Kalu im fahlen Licht der Dämmerung plötzlich dem Sandechsen-Mann selbst gegenüber. Glänzende Schuppen schmückten seinen silbernen Körper. Die Finger trugen feine, spitze Krallen, und sein Schwanz rollte sich um die umliegenden Felsen wie ein Saum aus flüssigem Silber. Stolz stand der Sandechsen-Mann da, in seinen lichten Augen spielten die Lieder des Traumes. Nun »sang« er für Kalu, füllte ihn an mit der Heilkraft der Sandechsen-Ahnen, einem Gesang von magischer Kraft – jenem Gesang, der einst erklungen war, um das Land der Sandechsen-Sippe zu schaffen und es mit heiliger Bedeutsamkeit zu erfüllen.

Als er an sich heruntersah, entdeckte Kalu, dass er selbst zum Sandechsen-Mann geworden war – ein wahrer Hüter des Traumes. Nun umhüllte ihn nicht mehr die staubbedeckte, sonnengebräunte Haut des Jägers, sondern die schimmernde, geschmeidige Haut eines Reptilgottes. Er fühlte, wie sein Antlitz sich veränderte, wie es länger, spitzer wurde … Als er seine Zunge berührte, schnellte sie vor wie die einer Sandechse. Er sah mit den Augen einer Sandechse und hörte mit deren Ohren. Und immer noch erklangen in seiner Seele die Geschichten des Sandechsen-Traumes im Rhythmus der Bewegung einer Sandechse, die sich tief ins Erdreich wühlt. Der Traum sagte ihm, dass er noch viel zu lernen habe, dass er neue Welten sehen und neue Geisthelfer kennen lernen würde. Und dass er den Kristallvater wiedersehen würde, den verehrten Himmelsherrscher, der von seinem Reich in den Wolken aus die Erde regierte.

Schließlich holte Kalu seinen heiligen *churinga* heraus, um ihn dem Sandechsen-Mann zu zeigen. Und dieser war erfreut, dass Kalu ihn dieses heilige Objekt hatte betrachten lassen, das Zeichen der Hüterschaft, denn schließlich entstammten sie demselben Geschlecht. Sogleich begannen die geheimen Zeichen auf dem Stein zu leuchten. Licht floss durch sie hindurch, während Kalu den *churinga* noch in der Hand hielt. Nun wusste er, dass das Land seiner Vorfahren ihn schützen würde, dass seine Schutzgeister über ihn wachen und ihn auf seiner Suche begleiten würden.

Der Sandechsen-Mann beobachtete Kalu mit seinen flackernden, lichten Augen und ließ ihn wissen, was man von ihm erwartete. Früh am folgenden Morgen sollte er sich zum heiligen Felsen der Sandechsen-Geister begeben, wo alle Sandechsen darauf warteten, geboren zu werden. Dort müßte er einen Schnitt in seinen Arm machen und das Blut auf den Felsen tropfen lassen, damit die Sandechsen zur Welt kommen konnten. Er würde das Sandechsen-Lied singen und den Sandechsen-Tanz tanzen, wie es seit Anbeginn der Zeit üblich war.

Am Morgen, als das goldene Licht den heiligen Ort durchflutete, vollführte Kalu die Rituale, die ihm als Hüter des Landes aufgetragen waren. Zum Klang seiner Klapperstöcke tanzte er bis zur völligen Erschöpfung, während er gleichzeitig die Ahnen anrief. Erst dann konnte er sicher sein, dass durch die Macht seiner Tänze und Gesänge das Sandechsen-Land erneuert werden würde. Mit dem Segen der »Alten« würde es von neuem fruchtbar sein. Der Sandechsen-Mann hatte ihm zugesehen und war von Kalus Vertrauen in die Macht der »Alten« sehr angetan. Diese starke innere Verbindung zu den Vorfahren war ihm von Talpu, seinem Vater, übertragen worden, der sie wiederum von seinem Vater übernommen hatte. So wurden die Lehren des Alten Gesetzes stets weitergegeben, wie die Ahnen es gewünscht hatten.

Am Ende teilte der Sandechsen-Mann Kalu mit, dass er eine Botschaft der »Alten« für ihn habe. Sie hatten ihn unter allen Ältesten seines Lagers ausgewählt, um ein »kundiger« Mann, ein Schamane, zu werden. Er sollte seinem Volk als Heiler dienen. Das sei seine Belohnung für die Ehre, die er ihnen erwies, und das Vertrauen, das er ihnen entgegenbrachte. Wenn es an der Zeit sei, würde der Kristallvater aus seinem Reich in den Wolken unverhofft zu ihm kommen. Er müsse lernen und viele Prüfungen bestehen, doch als Schamane würde er noch tiefer in die Welt der Geister und Götter eindringen.

Bevor Kalu seiner Überraschung Ausdruck verleihen oder um Antwort auf seine Fragen bitten konnte, war der Sandechsen-Mann verschwunden. Und Kalu hatte Zeit, einmal mehr über die Wunder seines Landes nachzudenken, in dem so geheimnisvolle Wesen lebten.

Es gab noch andere Träume in seinem Land, das von geheimen Traumpfaden durchzogen war. Lieder wiesen den Sippen seit uralter Zeit den Weg durch das Land. Es waren Lieder, in denen beschrieben wurde, wie die Geist-Ahnen das Land geschaffen hatten. Sie hatten sich mit der roten Erde vermischt, als diese noch jung war. Und Kalu hatte das Land seiner Sippe wohl gehütet. Nun ehrte er die goldenen Beuteldachse im Norden, tanzte den gewundenen Tanz der Teppichpythonschlange im Westen und ließ aus seinem Arm Blut auf die Erde tropfen, um den Wombat-Geist im Osten versöhnlich zu stimmen. Er sang die geheimen Lieder der Wüsteneiche für den Süden und ehrte die drei gelben Blumen, die aus der roten Erde hervorgesprossen waren. Am zweiten Tag, als er seine Geist-Heimat verließ, kehrte Kalu noch einmal ins Zentrum des von ihm gehüteten Landes zurück, an den Geist-Felsen des Sandechsen-Traums. Hier tanzte er die Tänze und sang die Lieder, die zum Sandechsen-Traum gehörten und die es neuen Sandechsen ermöglichen würden, in der lebendigen Erde aufzuwachsen.

Am Ende des zweiten Tages kehrte Kalu zu den Purpurbergen an der südlichen Grenze seiner Geist-Heimat zurück. Er würde genug Zeit für den Heimweg haben. Flink bewegte er sich durch das Buschland und grüßte all die kleinen Tiere, die ihm über den Weg liefen. Schließlich kam er zu dem Felsenkamm, der von den Ahnen in der Traumzeit geschaffen worden war. Er nahm seinen Weg über die gewaltigen, verwitterten Felsen, die er erst vor einigen Tagen erklommen hatte, und setzte seinen Weg fort. Er kam an den vertrauten Baumgruppen aus Rotrinden-Eukalyptusbäumen und Akazien vorbei, sah die roten und weißen Blüteninseln zwischen dem Federgras. Bald würde er zu Hause sein.

Die Sonne stand schon tief am Himmel. Lange, blaugraue Schatten begannen, sich über das Land zu legen, als Kalu an dem sumpfigen Wasserloch ankam, wo er auf seinem Weg nach Norden die schwarzen Reiher gesehen hatte. Wieder bemühte er sich, so schnell wie möglich an diesem Ort vorbeizukommen, der von bösen Geistern bewohnt schien.

In der Ferne konnte er die hohen Felswände sehen, die sich zu beiden Seiten des nun trockenen Bachbetts auftürmten. Vor einigen Tagen noch hatten sie ihn vor der Sonne geschützt. Jetzt aber wurden die Schatten der Eukalyptusbäume auf der roten Erde schon lang. Er würde Schwierigkeiten haben, den Weg zurück durch die gewaltigen Felsen zu finden, denn hier brach die Dunkelheit schnell herein.

Als Kalu klar wurde, dass er nicht genug Zeit für die Heimkehr hatte, stieg eine unbestimmte Furcht in ihm auf. Doch er fühlte die Kraft seines *churinga* und die beruhigende Macht, die ihm seine Waffen gaben. Außerdem hatte der Sandechsen-Mann versprochen, ihn zu beschützen, solange er durch Gebiete reiste, die nicht zu seinem Traum gehörten.

Doch nun hauchte die Dunkelheit den hohen Felswänden ungewohntes Leben ein. Kalu schritt vorsichtig über die scharfen, unebenen Steine des trockenen Bachbetts. Seltsames Gewisper erklang aus dem Innern der Felsen und ließ sein schauriges Echo ertönen. Eine einsame, schwarze Krähe flog von einem Felsvorsprung zum anderen und beobachtete ihn, und er fragte sich, ob er versehentlich ins Land der Toten gelangt war.

Immer noch kam ihm die Dunkelheit feindselig vor, immer noch verspürte er Furcht. Die feuchtkalte Nachtluft strich über sein Gesicht, er drückte seinen Seelenstein an die Brust und fasste seine Jagdwaffen fester. So fest, dass seine Faust um den Speer bald ganz klamm wurde. Salziger Schweiß floss ihm in die Augen.

Dann vernahm er eine wispernde Stimme, die ihm das Blut in den Adern gefrieren ließ.

»Es ist gut, dass du gekommen bist«, sagte die Stimme zu ihm. »Wir haben viel zu tun.«

In der Dunkelheit vermochte Kalu nicht zu sagen, ob sie einem Freund oder einem Feind gehörte. Doch dann erklang die Stimme noch einmal, und dieses Mal drangen ihre Worte ihm mitten ins Herz: »Hab keine Furcht ...«, sprach sie, »... gewisse Dinge werden dir geschehen, doch sie sollen nur deine Seele für die Macht des Geistes öffnen. Du wirst Erde und Wasser, Feuer und Luft ausgesetzt sein – und das wird einen neuen Menschen aus dir machen, einen ›kundigen‹ Mann. Tritt der Furcht in deinem Herzen entgegen, dann wirst du ein wahrer Krieger des Traumes sein.«

Kalu war sicher, dass es die Stimme des Kristallvaters war, der zu ihm sprach. Er war es doch wohl, der große Himmelsgeist, der unverhofft aus seinem Reich in den Wolken zu ihm kam? Das war wohl die Begegnung, die der

Traum ihm angekündigt hatte? Dann aber überkam Kalu von neuem ein tiefes Unwohlsein, denn in der Finsternis der Nacht konnte er nichts, aber auch gar nichts erkennen. Nichts war also sicher. Und wenn diese Einflüsterungen nun von einem bösen Geist stammten, der ihn zu täuschen versuchte?

Aber noch bevor Kalu die richtige Antwort finden konnte, wurde er schon von unsichtbaren Mächten ergriffen, die ihm die Arme auf den Rücken drehten. Jemand stieß ihn mit Gewalt den steinigen Weg entlang. Kalu stolperte und verletzte sich an den scharfen Steinen. Sein *churinga* und seine Speere fielen zu Boden und rollten in der Dunkelheit davon. Kaum war dies geschehen, wurde Kalu noch schneller vorwärts getrieben. Sein Körper krümmte sich vor Schmerz und Angst vor dem unsichtbaren Angreifer.

Von Panik erfüllt erkannte Kalu, dass er zu dem sumpfigen Wasserloch gebracht wurde, wo er die schwarzen Reiher gesehen hatte – ein Ort, an dem sich zweifellos im Schilf böse Geister versteckten. Dort ließ man ihn fallen und schlug auf ihn ein. Lange Speere durchbohrten seinen Körper, drangen tief in sein Fleisch. Er schien auseinander zu fallen, in kleine Stücke zu zerbrechen, die jemand nach und nach in das Wasserloch warf. Dort schnappten die schwarzen Reiher danach und fraßen sie auf.

Sein Geist-Körper aber blieb unverletzt, auch wenn sein physischer Körper in Stücke gerissen worden war. Als er auf die Einzelteile seines geschundenen Körpers hinabsah, bemerkte er erstaunt, dass er über ihm schwebte und nun auf seine verwundbare Hülle hinabblickte. Er glitt über die Wasseroberfläche leicht wie ein Blatt, schoss zwischen den Steinchen am Grund hindurch und schlängelte sich durch die mächtigen, roten Schilfstängel, die bis in den Himmel hineinragten.

Dieses Gleiten gab ihm ein Gefühl unendlicher Freiheit, doch schon wartete neuer Schmerz auf ihn. Glühende Kohlen flogen auf ihn zu und verursachten ihm eine Qual, die bis in die tiefsten Winkel seines Seins zu dringen schien. Er fühlte sich, als würde sein Herz in kochendes Wasser geworfen, seine Seele in der Glut geröstet. Das war kein gewöhnlicher Angriff. Hier war Magie am Werk. Bald schlugen die Flammen bis zum Himmel hinauf. Das Feuer verschlang das Wasser, als sauge ein gieriges Wesen es in sich auf. Sogar der Stein schmolz dahin, der Fels qualmte. Die ganze Welt schien von Glut erfüllt. Kalu wollte schreien, doch wenn er als tapfer und stark gelten wollte, war ihm genau das verwehrt.

Schließlich wehte eine kühlende Brise vom Himmel. Sanft strich die Luft über seinen Geist-Körper wie heilender Balsam. Sie heilte ihn, tröstete ihn – versicherte ihm, dass sein Körper wieder unversehrt war, dass Erde, Feuer und Wasser ihn neu geboren hatten.

Jetzt stieg er auf, ein formloser Luftgeist, und schwebte über dem Wasserloch mit den schwarzen Reihern, das auf magische Weise erneut erschienen war. Nun sah er auch, dass allerlei Wesen gekommen waren, um über ihn zu wachen, ihn zu bestärken und ihm beim Übergang in die Geisterwelt zur Seite zu stehen. Vom Norden her grüßte ihn der goldfarbene, Glück bringende Beuteldachs. Im Westen zeichnete sich am Nachthimmel die Teppichpython ab, die in den geheiligten Farben seines Traumes gezeichnet war. Von Osten her kam ein brauner Wombat – ein Freund, der alles über die Samen, Früchte und Gräser der Erde wusste.

Das Wesen, das aus dem Süden kam, erkannte Kalu zuerst gar nicht, weil es in eine dichte Wolke aus rotem Staub gehüllt war. Dann aber gewahrte er, dass es der heilige Dingo der Purpurberge war, der Hüter des Traumpfades, der den südlichen Eingang zu seiner Geist-Heimat bewachte. Auch er war gekommen, um ihm bei seiner Seelenreise als Verbündeter beizustehen.

Währenddessen stieg Kalu immer weiter in die Höhe, wie eine Spirale aus blauem Rauch. Er spürte, wie das silberne Licht des Himmels ihn liebkoste. Es füllte seine Seele, als sei sie ein leeres Gefäß. Dieses Licht erinnerte an den fließenden Schimmer des edlen Bergkristalls. Es hatte seinen Ursprung in einem Ort hoch im Himmel, wo der Himmelsgott unter den Sternen lebte.

Ein machtvolles Lied erklang, und Kalu spürte, wie es seine Seele berührte. Nun, so schien es zu sagen, waren seine Qualen vorüber. Licht fiel wie weicher Tau auf ihn, als Kalu vor den Kristallvater trat, den Hüter des Alten Gesetzes. Ehrfurcht stieg in Kalu auf, als er den Urvater anblickte, dessen Körper ganz silbernes Licht zu sein schien. Klare Bergkristalle strömten aus seinem Bart und füllten den Himmel mit funkelnden Sternen.

Der Kristallvater kam zu Kalu hinab und streckte in einer Geste des Friedens die rechte Hand aus, in der er einen glitzernden Kristall hielt. Wieder vernahm Kalu das leise Wispern, das er vorhin, im Tal der Nacht, schon gehört hatte: »Das ist dein neues Herz«, sprach der Kristallvater, »es ist das Herz eines wahren Heilers …«

Mit diesen Worten setzte der Kristallvater den schimmernden Quarz tief in Kalus Brust, der in diesem Augenblick neues Leben in sich pulsieren fühlte. Er verstand, dass nun etwas anderes begann, denn wo in seinem Körper einst rotes Blut geflossen war, strömte nun silbernes Licht. Der Kristallvater selbst bestätigte ihm, dass jetzt ein neuer Geist in ihm lebe. Von nun an würde er als Schamane und Heiler wirken. Die Ältesten seines Lagers wüssten bereits, dass er ein »kundiger« Mann geworden sei. Denn die »Alten« hätten es so gewollt.

Doch der Kristallvater hielt noch mehr bereit. Als er die Finger seiner anderen Hand öffnete, erkannte Kalu seinen Seelenstein darin. Er war also nicht verloren gegangen. Mit einem liebevollen Lächeln reichte er ihn an Kalu zurück und versicherte ihm, dass er künftig noch mehr Licht und Zauberkraft besitzen würde.

Als Letztes sagte der Kristallvater, dass die Menschen in Kalus Lager ihn von nun an bitten würden, die Regengeister im Himmel zu beschwören. Er müsse also wissen, wie er das heilige Schwirrholz zu schwingen hatte, damit es von einer solchen magischen Kraft erfüllt würde, dass davon ein Luftwirbel in den Himmel aufsteige. Durch diesen Windtunnel könne er als Schamane seines Volkes in den Himmel reisen, um dort die Regengeister zu treffen. Der Kristallvater gab Kalu ein Schwirrholz, das mit den heiligen Symbolen seines Traumes verziert war, und zeigte ihm, wie er damit umzugehen hatte. Dieses solle er benutzen, wenn sein Volk Regen brauche.

Dann verblasste das Bild des Kristallvaters allmählich, und Kalu fand sich erneut in tiefer Dunkelheit wieder. Er spürte, dass er sich nicht mehr zwischen den hohen Felswänden befand, und fühlte sich sicherer, auch weil sein *churinga* ihn von neuem beschützte. Also zog Kalu auf der roten Erde einen Kreis um sich, rief seine Geist-Helfer, die über ihn wachen sollten, und legte sich schlafen.

Als das bleiche Licht des frühen Morgens durchs Tal drang, stand Kalu auf und ging noch einmal durch das trockene Bachbett, um seine Speere und seine Holzkeule zu suchen, die ihm aus der Hand geglitten waren, als man ihn über die Felsen entlang gestoßen hatte. Als er sie gefunden hatte, nahm er seinen Weg wieder auf und marschierte auf Nallelunga zu, den Felsenkamm in der Nähe seines Landes.

Endlich sah er sein Lager in der Ferne. Sein ältester Sohn Jiri lief ihm entgegen, um ihn willkommen zu heißen. Kalu ließ seine Finger durch Jiris lockiges, schwarzes Haar gleiten, umarmte ihn und sagte ihm, dass er froh sei, wieder zu Hause zu sein.

Mehrere Sommer vergingen, und die Ahnen sandten ihren Segen immer noch auf Kalu und sein Volk hernieder. Die Jagd war gut, Samen und Früchte gab es reichlich. Und jeder wusste, dass Kalu nun ein »kundiger« Mann war, denn in seinen Augen leuchtete ein goldenes Licht, das ihn von allen anderen unterschied.

Die Menschen des Lagers kamen zu ihm, wenn sie seine Dienste als Heiler benötigten. Dann rief Kalu seine Geist-Helfer an, um den Kranken ihre Seele zurückzubringen und sie gesund zu machen. Einige Menschen, deren Seelen böse Geister entführt hatten, litten unter großer Müdigkeit und Erschöpfung. Die Geister versteckten die Seelen im Schilf bei den großen Wasserlöchern im Felsen, wo sie langsam vor sich hin siechten. Dann musste Kalu sich in seinen Visionsreisen dorthin begeben und die Seelen suchen. Er kämpfte mit den bösen Geistern, besiegte sie und brachte die Seelen heim.

Manchmal wehte ein böser Wind feindliche Geister in ihr Lager. Meist kam dieser Zauber des Nachts über sie und machte alle feindselig und übel gelaunt. Dann waren die Menschen zu müde, um auf die Jagd zu gehen oder Maden und Wurzeln zu sammeln. In solchen Momenten sang Kalu die Lieder, die ihm der Sandechsen-Mann gegeben hatte. Nur sein Zauber war stark genug, diese schlechten Geister zu vertreiben. Mit seinen geheimen Liedern sang Kalu das Feuer an den Himmel. Die Funken stoben, wenn das Feuer im Himmel entflammte und jeden bösen Zauber in ihrer Mitte zu Asche verbrannte.

Einmal aber überfiel sie eine große Dürre. Die rote Erde riss in tiefen Furchen auf. Früchte und Samen waren selten geworden. Felsenlöcher und Bachläufe führten kein Wasser mehr, die Tiere blieben aus, da sie nichts zu trinken hatten. Die Männer waren tagelang auf der Jagd und kehrten doch ohne Nahrung für das Lager zurück. Die Frauen, die Yams und Buschtomaten sammelten, fanden sie vertrocknet vor. Nicht einmal mehr Maden gab es.

Als die Trockenheit kein Ende nahm und sein Volk immer schwächer und kränker wurde, wusste Kalu, dass es jetzt an der Zeit war, zu den Himmelsgeistern zu reisen, damit der Regen wieder seinen Weg auf die ausgedörrte, hungernde Erde fände.

Am nächsten Morgen zogen drei schwarze Krähen im Westen über den Himmel, und Kalu brach vom Männerlager auf. Er durchschritt den nun völlig ausgetrockneten Bachlauf, ließ die Eukalyptusbäume hinter sich, deren Blätter sich in der sengenden Sonne ringelten. Er ging an Grasbäumen und Mulga-Büschen vorbei, und kam schließlich am Felsenkamm von Nallelunga an. Dies war der Ort, um den Wasser-Traum zu beschwören und um Regen zu bitten. Es war geheiligtes Land und den Hütern des Himmels bekannt. Er würde sie anrufen, und sie würden wissen, weshalb er gekommen war.

Er zog ein kleines Messer aus seinem Gürtel, öffnete sich eine Ader am Arm und ließ das rote, Leben spendende Blut zu Boden tropfen. Dann nahm er eine Hand voll Kadadufedern, die er aus dem Lager mitgebracht hatte, hielt sie hoch über seinen Kopf und ließ sie los, damit der Wind sie davontragen konnte. Diese Federn waren wie weiße Wolken, und sein rotes Blut war zur Erde gefallen wie Regentropfen. Blut und Federn zusammen würden Regen bringen.

Schließlich holte Kalu sein Schwirrholz heraus und ließ es erklingen. Bald füllte der Himmel sich mit einem tiefen Donnergrollen. Ein heftiger Wind kam auf am Nallelunga, ein Sturm, der den Himmel mit dunklen Wolken füllte, durch die ein Lufttunnel direkt nach oben führte. Seine magische Kraft brachte Kalu in diesen Tunnel, und er stieg hoch in den Himmel, wo die Wolkengeister wohnten. Diese bat er um den heilenden Regen, der endlich wieder auf die rote Erde fallen sollte.

Die anderen im Lager hörten das tiefe Grollen von Kalus Schwirrholz. Und sie sahen die Sturmwolken über dem Nallelunga-Felsen. Manche konnten gar sehen, wie Kalu mit den Wolken reiste. Er führte sie an, sodass sie sich an der richtigen Stelle öffneten und Regen zur Erde schickten, damit neues Wachstum über das Land kommen konnte.

Als Jiri und Tilo aus ihrer Rindenhütte im Lager schauten, entdeckten sie dunkle Wolken am Himmel. Bald würde der Regen da sein, denn Kalu war mitten unter den Wolken und ließ seinen mächtigen Himmelszauber wirken. Er lenkte den heilenden Regen.

Der Donner erfüllte das Land, und schwere Tropfen prasselten hernieder. Die Erde wurde zum Sumpf, die

Mulga-Büsche standen im Morast, und die Rindenhütten im Lager stürzten unter der Macht der Regentropfen in sich zusammen. Trotzdem waren alle glücklich. Der Regen würde das Land nähren und Tiere und Pflanzen zurückbringen. Kalu hatte die Götter mit seinem Zauber geehrt, und sie hatten neues Leben auf die Erde gebracht und sie wieder gesegnet.

Mit dem Regen war die Zeit der Dürre endgültig vorbei, denn es würde ein paar Tage lang regnen. Die Wasserlöcher im Felsen würden sich füllen, die Bachläufe erneut Wasser führen. Emus, Wallabys und Kängurus würden sich an den Wasserstellen sammeln. Die rote Wüstenerde brächte unzählige Blüten hervor, sodass das Land bald wieder voller Früchte und Samen wäre.

In der Zwischenzeit sprachen Kalu und Tilo im Lager darüber, dass Jiri nun endgültig zum Mann gemacht werden solle. Auch darüber stimmten die Ältesten ab, die Hüter des Alten Gesetzes. Und so bestimmten sie Ort und Zeit, da Jiri die erste seiner Initiationen erhalten und von den Wächtern ins Alte Gesetz eingeweiht werden sollte. Winjin, der Kalus Sippenbruder war und zu den Ältesten des Lagers gehörte, würde kommen und Jiri zu diesem geheimen Ort führen, den nur die Ältesten kannten.

Sechs Tage vergingen. Am siebten Tag ging die Sonne

blutrot über den Sandhügeln im Osten auf. Als sie an diesem Tag ihren höchsten Punkt erreicht hatte, kam Winjin und nahm Jiri mit ins Buschland. Kalu hatte Jiri eindringlich ermahnt, stark zu bleiben. Wenn er nicht gefragt werde, müsse er schweigen, auch wenn er Schmerz verspüre. Denn das war ein wesentlicher Teil des Rituals, das seinen Sohn zum Mann machen sollte. Und so ging Jiri mit Winjin, der ihn durch die Mulga-Büsche nach Norden führte, auf die Purpurberge zu – in das heilige Land des Sandechsen-Traumes.

Nach langem Fußmarsch erreichten sie den geheimen Ort der Männer und setzten sich nieder, um zu rasten. Winjin zeigte Jiri ein heiliges Zeichen auf dem Felsen – eine glitzernde Quarzader, Spur der Himmelsgötter auf der Erde. Winjin erklärte dem Jungen, dass all seine Ahnen an diesem Ort versammelt seien. Sie würden über ihn wachen und ihm zur Seite stehen, wenn er Furcht oder Schmerz empfand.

Schließlich begann Winjin leise zu summen. Sein Lied rief die Sandechsen-Geister herbei. Währenddessen bemalte er Jiri mit rotem Ocker. Er zeichnete ihn mit den heiligen Zeichen der Sandechsen, sodass die Geister wussten, dass Jiri Fleisch von ihrem Fleisch war. Nun summte Winjin dieselben Lieder, doch dieses Mal lauter. Jiri fühlte eine seltsame Kraft in seinem Körper aufsteigen. Er spürte die Echsen-Kraft in sich, die durch sein Blut pulsierte und unter seiner Haut dahinströmte.

Winjin befahl Jiri, allein zu bleiben, bis der nächste Tag anbrach – hier, an dem geheimen Ort der Männer. Er ermahnte ihn, stark zu sein und seine Gedanken der Erdmutter zuzuwenden, die alles hervorgebracht hatte, und den großen Ahnen, die die Erde geformt hatten. Danach verschwand Winjin mit einem Rascheln im Busch.

Bald senkte sich die Dunkelheit über den geheimen Ort der Männer und hüllte ihn in Schweigen. Jiri sah sich nach einem Platz zum Rasten um und machte sich schließlich sein Lager auf der staubigen Erde. Seine Furcht bekämpfte er, indem er den Blick fest auf die Sterne gerichtet hielt. Er musste wach bleiben. Hin und wieder zerrissen Geschnatter und Geraschel die tiefe Stille, Nachteulen oder Dingos ließen in der Dunkelheit ihre Stimme erklingen. Dies war ein einsamer, wenig einladender Ort. Jiri fragte sich, was ihn am kommenden Tag wohl erwarten würde.

Mit dem ersten Morgengrauen kamen drei Männer auf ihn zu. Jiri erkannte sie nicht, weil sie über und über mit weißem Lehm bemalt waren und nur ganz leise unter sich sprachen. Dann bedeuteten sie ihm mit Gesten, dass er sich nackt auf einen glatten Felsen legen und in den Himmel sehen sollte.

Ein paar entsetzliche Momente des Schmerzes, und alles

war vorüber. Jiri fühlte, wie mit einem scharfen Messer seine Vorhaut abgetrennt wurde. Er spürte, wie Blut an seinen Beinen hinablief. Dann schnitten sie ihm gezackte Muster in Brust und Arme und befahlen ihm, das Blut frei zur Erde fließen zu lassen, weil das Alte Gesetz es so befahl.

Nicht ein Mal schrie Jiri dabei auf. Er biss die Zähne zusammen, damit kein Schmerzenslaut über seine Lippen kam. Dann aber bedeckten sie seinen Körper mit glühenden Zweigen und drückten ihm große Stücke glühender Kohle auf die Haut. Er zeigte keinen Schmerz, blieb immer noch still.

Schließlich befahlen die Männer ihm, zu einem nahen Bachlauf zu gehen und die Glut abzuwaschen. Dort blieb er im kühlen Wasser sitzen.

Als Jiri vom Bach zurückkehrte, um seinen Platz im Kreis einzunehmen, hatte Winjin sich der Gruppe angeschlossen. Auch er war über und über mit weißer Tonerde bemalt, doch Jiri erkannte seinen krausen Haarschopf und seine nachdenklichen, tief liegenden Augen. Winjin war es, der zuerst das Wort an ihn richtete:

»Jetzt bist du ein Mann«, sagte er. »Von nun an wirst du Mitamirri heißen – auch wenn du diesen Namen für dich behalten musst. Offenbare ihn niemandem außer den Leuten deiner Sippe, denn so befiehlt es das Alte Gesetz, das uns die Ahnen hinterlassen haben …«

Dann fuhr er in weniger Ehrfurcht gebietendem Ton fort: »... wenn du aber bei den Weißen auf der Rinderfarm arbeitest, dann nennst du dich Jack – das können sie sich leicht merken. So wirst du keine Probleme haben.« Bei diesen Worten begannen die Männer im Kreis zu lachen und zu feixen, denn sie wussten, dass viele Männer des Alten Gesetzes die Namen der Weißen benutzten, um ihre geheimen Traum-Namen nicht enthüllen zu müssen.

Auch Mitamirri lachte, denn seine schmerzhafte Prüfung lag nun hinter ihm. Als das Gelächter wieder verstummte, weihten die Männer ihn in die Lehren seiner Ahnen ein. Sie erzählten ihm, wie der Sandechsen-Mann in der *tjukurrpa*, der Traumzeit, als alles noch neu und ungeformt war, über das Land wanderte. Dabei sang er heilige Lieder, die aus der Erde Bäume, Wasserlöcher und Sandhügel hatte aufsteigen lassen. Schließlich wühlte der Sandechsen-Vorfahr sich in die Erde, wo er bis zum heutigen Tag geblieben war.

Zuletzt zeigte Winjin Mitamirri seinen Seelenstein, in den in heiligen Symbolen die Geschichte des Sandechsen-Mannes geritzt war. »Das sind die Geschichten unseres Traumes«, sagte er. »Sie verbinden uns miteinander.« Am Ende hielt Winjin ihm noch einen Bergkristall hin: »Der gehört dir. Bewahr ihn an einem sicheren Ort auf, denn er ist das Zeichen dafür, dass du jetzt ein Mann bist.«

Da standen die anderen Männer auf und ließen das Schwirrholz über den Köpfen kreisen. Schnell durchschnitt es die Luft und ließ seine tiefe Stimme ertönen, die dem Land verkündete, dass die Geister hoch erfreut waren – denn an diesem Tag war ein Junge zum Mann geworden. Als ein lodernder Kraftring über den Männern entstand, schien es, als habe der Himmel selbst mit donnernder Stimme gesprochen. Die Ahnen hatten das Wort. In den Herzen der Männer stieg eine tiefe Wärme auf, weil die Geister unter ihnen waren und ein neues Sippenmitglied nun ihren Traum teilte.

So wurde Jiri zum Mann, den sein Vater künftig Mitamirri nannte; er gebrauchte diesen Namen allerdings nur, wenn niemand außerhalb des Traums ihn hören konnte. Später, als er auf einer Viehfarm aushalf, nannte er sich Jack. Das war sein Name für die Menschen, die nicht zum Land seiner Ahnen gehörten.

Mit der Zeit zeigte Kalu Mitamirri alle heiligen Traumpfade, die das alte Land durchzogen. Und er führte ihn zum heiligen Sandechsen-Felsen, wo die Geister der Echsen darauf warteten, geboren zu werden. Dort sprach Mitamirri mit dem silberhäutigen Sandechsen-Mann. Er lernte, was er als Hüter des Landes zu tun hatte, um ihm Leben und Fülle zu sichern. Und er machte die Bekanntschaft der Geist-Helfer, die darauf achten würden, dass die

Geheimnisse gewahrt blieben. Kalu war sicher, dass Mitamirri bald mehr über die Ahnen lernen würde, sodass er selbst einer der Ältesten werden konnte. So wie Kalu in die Fußstapfen seines Vaters Talpu getreten war, würde Mitamirri in die seinen treten.

Eines Tages aber verließ Kalu das Lager, um allein in seine Geist-Heimat zu reisen. An diesem Tag hatte er nach dem Erwachen drei weiße Kakadus und drei schwarze Reiher in einer bestimmten Anordnung fliegen sehen. Und als er aus seiner Rindenhütte trat, sah er neben dem Eingang das heiligste Zeichen seines *churinga* in weißen Federn auf der roten Erde ausgelegt. Dieses Symbol hatten die Ahnen ihm vor vielen Sommern selbst enthüllt. Nun zerstörte er es schnell, damit kein Unwürdiger es entdecken und so das Alte Gesetz brechen konnte, doch er wusste, dass es ein besonderes Zeichen war. Als er neben dem Bachlauf dahinwanderte, an den Eukalyptusbäumen vorüber, um Richtung Nallelunga zu gehen, spürte er, dass er dieses Mal von einer Kraft gerufen wurde, die stärker war als alles, was er kannte. Der Zauber des Urtraumes, die Traumzeit selbst, befahl ihm zu kommen.

Kalu überquerte den Felsenkamm von Nallelunga, dann durchschritt er das von hohen Steilwänden gesäumte Bachbett, das für ihn immer mit den seltsamen Ereignissen jener Nacht verbunden bleiben würde. Im Näherkommen sah er, dass der Kristallvater ihn bereits erwartete.

Obwohl die Sonne hoch am Himmel stand und Kalu die flirrende Hitze auf der Haut spürte, überstrahlte das helle Licht, das von den Felswänden ausging, doch alles. Eingehüllt in das Gleißen funkelnder Kristalle, erwartete ihn der Himmelsherrscher.

Aber als er zu sprechen begann, hallten seine Worte wider vor Traurigkeit. Der Kristallvater ließ Kalu wissen, dass die Traumzeit ihm eine Botschaft geschickt habe. Anders als gewöhnlich sei sie dieses Mal nicht erfüllt von Hoffnung und Leben, sondern künde dunkle Zeiten an, die auf der Erde bald anbrächen – Krankheiten, Armut und Verzweiflung würden bald überall herrschen. Die heiligen Traumpfade und die Lieder der Urzeit würden von jenen, welche das Alte Gesetz nicht kannten, unwiederbringlich zerstört werden. Denn viele Menschen hielten sich nicht mehr an das Alte Gesetz. Sie rissen den Leib der Erdmutter auf und holten ihre Eingeweide heraus. Eine neue Magie sei nötig, stark und heilsam, die das Land von den tiefen Wunden heilen solle, welche der Erdmutter zugefügt worden seien. Der Große Geist hätte befohlen, einen würdigen Botschafter aus dem Süden zu senden, der sein Vertrauen verdiene. Dieser Botschafter solle helfen, das alte Wissen wiederherzustellen. Der Kristallvater würde den Boten an einen heiligen Ort im Zentrum der

Welt bringen – dort, wo alle Traumpfade sich treffen, wo alle Lieder zu einem Gesang zusammenfließen.

Und so reiste der Kristallvater mit Kalu, dem Schamanen, dem er am meisten vertraute, über Nallelunga und die roten Sandhügel hinaus, über die Purpurberge seiner Geist-Heimat, das Land seiner Sandechsen-Ahnen, hinweg und brachte ihn an einen Ort, den man als den »Großen See« des Geistes kannte. Ein gewaltiger Binnensee, den Kalu nie zuvor gesehen hatte, ein See im Zentrum der Welt. Und der Kristallvater erklärte Kalu, dass dieser See, der sich in alle vier Himmelsrichtungen ausdehne, die heiligen Wasser des Lebens enthalte. Es sei der »See, Aus Dem Alles Hervorging«.

An diesem See würden Kalu und der Kristallvater warten, bis ihre Zeit gekommen war. Denn die »Alten« riefen auch aus anderen Ländern würdige Botschafter zusammen. Aus jeder der vier Himmelsrichtungen – aus dem Norden, dem Süden, dem Osten und dem Westen – würden die Schamanen des Heiligen Gesangs kommen, die Hüter des Großen Geistes. Sie würden an diesen geheiligten Ort reisen.

Kalu war aus dem Süden gekommen. Und er würde der Wiedergeburt der Welt beiwohnen.

Osten

Am Morgen hatte der Regen aufgehört. Nebel und Tau lagen über dem See und den Reisfeldern. Teteke beobachtete aus dem Fenster ihres Hauses, wie ein einsamer, grauer Reiher würdevoll durch das blasse Grün stakste. In einiger Entfernung putzte eine kleine Schar gelbbrauner Enten ihr Gefieder und schlug dabei winzige Wellenmuster auf dem Wasser.

Doch der tiefe Frieden dieses Bildes konnte Teteke nicht von ihren Sorgen befreien. Ihre Tochter Saimei hatte hohes Fieber. Die ganze Nacht hatte sie gehustet und sich im Bett hin und her geworfen. Ihr sanftes, hübsches Gesicht glühte. Schweiß sammelte sich auf ihrer Stirn. In den Augen loderte ein ungesundes Feuer. Es war, als wiche langsam das Leben aus ihr, als riefen die blassen, zitternden Lippen nach Wärme und Schutz. Wenn Teteke Saimeis Hand hielt, spürte sie, dass es kein gewöhnliches Fieber war. Die Götter schienen es als Prüfung gesandt zu haben.

Denn Teteke hatte seltsame Schatten über Saimeis leidendes Gesicht laufen sehen – Schatten, die sich zu winden schienen, so als kämpften Geister unter ihrer Haut. Von Zeit zu Zeit aber wurde Saimei plötzlich ganz ruhig. Eine unnatürliche Stille bemächtigte sich ihrer, und das Mädchen wurde vor den Augen seiner Mutter plötzlich alt, als grabe die Zeit selbst tiefe Furchen in ihr Gesicht wie Jahresringe.

Teteke hatte neben Saimeis Bett Reiskekse, Wasser und einen kleinen Krug Sake gestellt, doch das Mädchen wollte weder essen noch trinken. Gerade begann sie wieder zu fiebern und sich im Bett herumzuwerfen. Zwischen Qual und Schlaf gefangen, stöhnte sie nur manchmal laut auf: Ein fremdes Feuer in ihrem Innern verzehrte sie ganz. Dieses Brennen schien bis in die tiefsten Abgründe ihrer Seele zu reichen, die sengende Hitze ihr innerstes Wesen aufzufressen. Und doch wohnte dem Feuer auch eine Art Wissen inne, als suchten die Götter und Geister, ihr mit dieser brennenden Qual etwas mitzuteilen.

Nachts, als Saimei gegen die Fieberwellen ankämpfte, die ihre Seele schüttelten, hatte sie einen machtvollen Traum. Sie schwebte wie ein kleiner Geist-Vogel über ihrem Körper. Als sie auf ihren Leib hinunterblickte, sah sie mit Schrecken, wie er sich krümmte. Dort unten lag nur noch ein Schatten ihrer selbst. Das Feuer verzehrte sie, bis sogar ihre Knochen sich zu Asche verwandelten. Nichts blieb zurück.

Als sie über das kleine, schindelgedeckte Holzhaus hinwegflog, sah sie nicht allzu weit entfernt einen See.

Erstaunt beobachtete sie, wie das sanfte Mondlicht sich in den Wellen spiegelte. Ein Nebelhauch lag über dem Wasser. In diesem Nebelstreifen erkannte sie das Gesicht ihres geliebten Vaters. Er war aus dem Land der Toten gekommen, um mit ihr zu sprechen.

Kakumeis langes, weißes Haar floss ihm immer noch über die Schultern. Er trug seinen goldfarbenen Lieblingskimono, den man ihm angelegt hatte, als er sich ins Reich der Toten aufmachte. In seinen letzten Tagen war er bleich gewesen, jetzt aber strahlte er vor Lebenskraft. Aus seinen Augen sprach ein tiefer Friede. Saimeis Herz schien vor Glück zu zerspringen, so freute sie sich, ihn wieder zu sehen.

Im Traum teilte Kakumei seiner Tochter mit, dass sie von den »Alten« ausersehen sei. Sie würde Dinge tun, die nicht alltäglich seien, denn bald würde sie eine *ichiko* werden, eine Schamanin, ein Geist-Medium, das mit den Toten sprechen könne. Diese würden ihr Botschaften anvertrauen für ihre Lieben, die sie haben zurücklassen müssen.

Schließlich befahl Kakumei ihr, zu dem immergrünen Sakaki-Baum auf der grünen Lichtung auf der anderen Seite des Sees zu gehen. Sie solle lange Streifen aus blauem und weißem Stoff in den Baum hängen und ja nicht vergessen, ihren Spiegel mitzubringen. Im Spiegel würde ihr *kami*, ihr persönlicher Schutzgeist, sich ihr zeigen. Er sei von den Bergen herabgekommen, um in diesem Baum zu leben und über sie zu wachen. Der *kami* würde immer bei ihr sein. Sobald sie ihn riefe, würde er kommen und ihr beistehen – im Licht des Traumes ebenso wie am helllichten Tage. Und er würde ihr die Pfade in die Geistwelt weisen.

Außerdem teilte Kakumei seiner Tochter mit, dass das Fieber vorübergehen und die sengende Hitze der Krankheit ihren Körper bald verlassen würde. Sobald sie sich aber erholt habe, werde sie Dinge sehen, die andere nicht wahrnehmen könnten. Am Ende wandte Kakumei sich ab, um ins Reich der Toten zurückzukehren. Seine letzten Worte waren, dass er ihr ein Zeichen zurücklassen werde, damit sie sicher sein könne, dass dies ein Wahrtraum sei – ein Traum, an den sie glauben dürfe, weil er ihr nie wieder verloren gehen würde: Wenn Saimei am nächsten Morgen erwache, würde sie einen kleinen, silbernen Dolch auf ihrem Kissen finden. Das sei Kakumeis Geschenk aus der Geisterwelt für sie.

Später, als der Nebel sich vom See hob und das frische Licht des neuen Morgens seine verschlungenen Muster durch die Läden aus geflochtenem Bambus sandte, schlug Saimei die Augen auf, und spürte im selben Moment, dass die Hitze, die ihre Eingeweide verzehrt zu haben schien, nachgelassen hatte. Als sie die Hand ausstreckte und das Kissen absuchte, fiel ihr der kleine Dolch in die Finger, den Kakumei ihr beim Abschied versprochen hatte.

Saimei rief nach ihrer Mutter. Sofort war Teteke an ihrer Seite und legte die Hand auf die schweißnasse Stirn ihrer Tochter. Auch sie sah, dass die Krankheit im Abklingen war und Saimei wieder zu Kräften kam. Ihre Tochter würde wieder gesund werden.

Dann berichtete Saimei ihrer Mutter von dem Traum: wie sie als Geist-Vogel über ihrem verbrennenden Körper schwebte; wie sie mit ihrem geliebten Vater gesprochen hatte, der aus dem Land der Toten gekommen war, um ihr eine Botschaft zu bringen. Wie er ihr gesagt hatte, dass sie zur Schamanin bestimmt sei, zur Mittlerin zwischen den Lebenden und den Toten. Sie erzählte auch, dass er ihr versprochen habe, einen silbernen Dolch auf dem Kissen zurückzulassen, um ihr zu beweisen, dass ihr Traum nicht bloße Täuschung sei. Teteke lauschte voller Erstaunen. Als sie schließlich den kleinen Silberdolch in Händen hielt, ein Geschenk ihres verstorbenen Ehemanns, war sie sicher, dass die Götter durch diesen Traum gesprochen hatten. Ihre Tochter war also tatsächlich zum Medium ausersehen. Sie würde den »Alten« als Botin dienen.

In den nächsten Tagen erholte Saimei sich zusehends. Sobald sie wieder auf den Beinen war, spazierte sie zu der grünen Lichtung auf der anderen Seite des Sees. Dort fand sie den Sakaki-Baum und hängte die weißen und blauen Stoffstreifen in dessen Zweige, wie es ihr gesagt worden war. Dann blickte sie in ihren Spiegel und bat, ihr *kami* möge doch aus dem Baum kommen und sich ihr zeigen.

Einige Augenblicke lang umgab sie nur tiefe Stille. Doch mit einem Mal brach sich funkelndes Licht im Spiegel. Der helle Schein blendete sie beinahe. Dann erblickte Saimei einen wunderschönen Eisvogel, dessen Federn in gleißendem Grün und Azur glänzten. Er war aus dem Sakaki-Baum zu ihr gekommen.

Seine tiefgoldenen Augen verrieten ihr, dass es kein gewöhnlicher Eisvogel war, der in der Nähe dieses Sees lebte. Unter seinen Federn verbarg sich eine uralte Seele, ein *kami* aus den höchsten, heiligsten Sphären, der von den Himmeln über dem Ikuta-Berg zu ihr herabgestiegen war. Da er sah, dass Saimei die Wege des Geistes bereits kannte, ergriff er das Wort und sprach so zu ihr, dass sie ihn verstehen konnte.

»Mein Name ist Nifu«, ließ sie der strahlend blaue Eisvogel wissen. »Ich hüte die heiligen Wasser, die vom Ikuta-Berg ins Tal fließen und alle Seen und Flüsse füllen. Sie bringen neues Leben, Reichtum und Überfluss auf die Reisfelder. Und ich weiß um die geheimen Pfade des Berges, verschlungene Pfade, die durch die Kiefernwälder hinauf bis zum Gipfel führen. Dort wirst du eines Tages die Herrin des Wassers treffen. Ich werde immer bei dir sein, auch wenn du mich nicht sehen kannst, denn ich bin dein Schutzgeist.«

Nifus liebevolle Worte hatten Saimei tief bewegt. So gelobte sie, neben dem heiligen Sakaki-Baum einen kleinen Steinaltar zu errichten, um Nifu und die Herrin des Wassers zu ehren und ihnen dort Opfergaben aus Fisch und Reis, Früchten und wilden Blumen darzubringen. Nifu bat sie, weiterhin ihrer Mutter zu helfen, da ihr Cousin Sujin jeden Tag unermüdlich in den Reisfeldern arbeite. Aber bald würde für sie eine Zeit kommen, in der sie neue Wege in die Geisterwelt erkunden dürfe. Alle im Dorf würden erfahren, dass sie sich frei zwischen dem Reich der Lebenden und dem der Toten bewegen konnte; dass sie jene heilen konnte, deren Seelen von dunklen, rachelüsternen Geistern in die Unterwelt entführt worden waren.

Von nun an gab Saimei sich besondere Mühe, ihrer Mutter bei der Erfüllung der täglichen Pflichten zu helfen. Häufig stiegen sie gemeinsam hinauf zu den Schreinen des Ikuta, wo sie den Göttern und Geistern des Landes Blumen und Speisen als Opfer darbrachten. Bei diesen Wanderungen erzählte die Mutter ihr, dass im Frühling, wenn die ersten Blumen mit ihren zarten Blütenblättern die Schneedecke durchbrachen, die mächtigen *kami*-Geister des heiligen Berges vom Gipfel ins Tal stiegen, um sich dort am See oder in den Reisfeldern niederzulassen. So konnten sie über die Saat wachen und den Reis bis zur Ernte hüten. Neige der Herbst sich seinem Ende zu, würden die *kami*-Geister sich wieder in ihr Reich auf dem heiligen Berg zurückziehen.

Teteke führte Saimei einen schmalen Pfad entlang, der sich zwischen Kiefern, Farnen und wilden Blumen den Ikuta hinaufwand. Unterhalb des Gipfels gelangten sie auf eine Lichtung, wo eine silberfarbene Birke mit ihrem Blätterdach einen rasch fließenden Bach beschirmte. Diesen Ort mit seinem grün leuchtenden Gras hatte Teteke für Kakumeis Gedenkstätte auserwählt. Neben der Birke war ein kleiner Haufen Steine aufgeschichtet. Immer bei Vollmond kam sie hierher, um einen weiteren Stein darauf zu legen und ehrte so sein Andenken. In den rissigen Stamm der Birke waren kleine Kerben geschnitten, die die Stufen zum Himmel andeuten sollten.

Teteke erzählte Saimei, dass im siebten Monat des Jahres, in dem man in Japan der Toten gedenke, der ganze Berg von lodernden Feuern erhellt sei, während am Seeufer Laternen leuchteten. Diese sollten den Seelen der Toten und den Geistern der »Alten« den Weg weisen, damit sie die bewaldeten Hänge herabsteigen und bei ihren Lieben sein könnten. Teteke selbst habe einmal beim Feueranzünden den Geist ihrer Urgroßmutter gesehen, wie er über dem See schwebte. An diesem Abend seien auch der Geist ihres Vaters und der ihrer Schwester ins Haus gekommen und hätten sich dort neben dem Herd niedergelassen. Im siebten Monat des Jahres flögen Libellen in Schwärmen umher. Sie sirrten in der Luft und schwirrten um die Köpfe der Menschen im Dorf. Auch sie seien Totengeister. So würde niemand etwas tun, um sie zu verscheuchen oder gar zu fangen. Ganz im Gegenteil: Man sorge für sie und grüße sie höflich, denn die Menschen freuten sich, dass die Geister ihrer Ahnen für eine kurze Zeit zu ihnen zurückkehrten.

Eines Tages hieß es, dass die berühmte Schamanin Yutaki aus dem Norden ins Dorf kommen würde. Yutaki war berühmt für ihre Schamanengesänge, mit denen sie böse Geister vertrieb. In ihren Visionsreisen stieg sie sogar in die Unterwelt hinab, um die Seelen der Menschen zurückzuholen, die von bösen Zauberern und Geistern dorthin verbannt worden waren. Yutaki war bei den Schamaninnen der Ryuku-Inseln in die Lehre gegangen. Diese hatten ihr beigebracht, wie sie in die Zukunft sehen und mit den Toten sprechen konnte. Nun reiste sie mit ihrem Wissen von Dorf zu Dorf, um denen zu helfen, die Heilung benötigten. Für sie sprach Yutaki mit den Geistern, Ahnen und Helfern und bat sie um Rat.

Also bat Teteke darum, mit Yutaki sprechen zu dürfen. Schließlich musste sie ihr von den Träumen und Visionen ihrer Tochter erzählen. Wie sie vom Fieber ergriffen worden war und plötzlich außerhalb ihres Körpers geschwebt sei wie ein Geist-Vogel. Wie ihr der seit langem verstorbener Vater Kakumei erschienen sei und ihr gesagt hatte, sie würde bald eine *ichiko*, eine Schamanin für ihr Dorf, werden. Diese Dinge wollte Teteke der berühmten Heilerin erzählen. Sie war sicher, Yutaki würde sie verstehen.

Als die Schamanin ins Dorf kam, trug sie Kleider aus schimmernder Seide und ritt auf einem weißen Pferd. Sie reiste allein, ihr einziges Gepäck waren ihre magischen Hilfsmittel. Die Leute im Dorf sorgten für ihren Unterhalt, überreichten ihr Geschenke und achteten darauf, dass sie gut untergebracht war. Denn Yutaki war bewandert im Wissen der Schamaninnen und wurde geehrt, wo immer sie auftauchte.

Yutaki besaß einen heiligen Catalpa-Bogen aus dem Holz des Trompetenbaumes, reich verziert mit magischen Motiven. Die Schamaninnen der Ryuku-Inseln hatten ihn ihr geschenkt. Sie strich den Bogen mit einem Stück Bambus und sang dazu mit ihrer wunderschönen, klaren

Stimme die heiligen Lieder. So rein war Yutakis Stimme, dass man sie mit dem Nektar einer Blume verglich.

Neben dem Bogen besaß Yutaki noch eine lederbespannte Trommel, die sie mit einem kleinen Holzstock schlug. Diese Trommel hatte einen mächtigen Klang. Wenn Yutaki trommelte, erhoben sich in ihr die Stimmen der Ahnen. Dann stieg Yutakis Seele auf wie ein Vogel und schwebte über den Spitzen der Kiefern und Birken dahin. Auf dem Ton ihrer Trommel, auf dem Klang ihrer Stimme reiste sie in ihre Visionen, um Götter und Geister in ihrem Reich aufzusuchen.

Dann kam der Morgen, an dem die Schamanin Teteke und Saimei besuchte. Yutaki band ihr weißes Pferd draußen ans Tor und schritt den kiesbestreuten Weg zur Eingangstür herauf. In der Hand trug sie Trommel und Catalpa-Bogen. Teteke war stolz, dass Yutaki gekommen war, denn sie wusste, dass die Heilerin einen tief in Saimeis Seele blicken und ihr weiteres Schicksal verkünden würde. Nachdem sie die Geschenke ausgetauscht hatten, bot Teteke Tee an und rief ihre Tochter. Nun würden sie gemeinsam beraten, was mit Saimei geschehen sollte.

Saimei hatte Ehrfurcht vor der allseits verehrten Schamanin und saß ganz still da. Yutaki beobachtete sie – sie wartete darauf, dass die Geister ihr Zeichen gaben. Yutaki sah deutlich, dass viele Geist-Helfer gekommen waren, um Saimei beizustehen. Sie hatten sich tief in ihrer Seele verwurzelt. Und sie sah das azurfarbene Licht, das von ihrer Stirn ausging – das Licht Nifus, der sie auf ihrem Weg beschützen würde. Auch Kakumeis Geist war bei ihr, er ruhte in ihrem Herzen. Andere, die erst noch kommen würden, kündigten sich in Yutakis Augen bereits an. Mit ihrer Hilfe würde Saimei lernen, immer sicherer auf dem Pfad zwischen den Welten zu wandeln.

Dann besprach Yutaki mit Saimei, was jetzt geschehen müsse, denn Saimei würde eines Tages eine Schamanin für ihr Volk sein. Die Ältere erklärte ihr, was sie tun musste, um ihren Weg zu finden. Sie ermahnte sie, diese Aufgabe mit Eifer und Aufmerksamkeit zu erfüllen, wenn sie ihrem Schicksal gerecht werden wolle.

Und das war es, was Yutaki Saimei auftrug: Sie solle in den frühen Morgenstunden einen schnell fließenden Bach aufsuchen, dessen Wasser vom höchsten Gipfel des Ikuta herabströmte. In diesem kalten, reinen Wasser müsse sie baden, um innerlich vollkommen rein zu werden, und zwar jeden Morgen bis zum nächsten Vollmond. Dabei solle sie die heiligen Lieder singen, die Yutaki sie lehren würde; diese würden ihrer Seele Kraft schenken. Und sie müsse auf den Ikuta pilgern, durch Kiefern und Birkenwälder bis hinauf zum Gipfel, damit die Geister des Berges sie kennen lernen und ihre Anwesenheit auf dem Berg duldeten. Während ihrer Zeit auf dem Berg solle sie sieben Tage fasten. Danach dürfe sie sich nur von Nüssen und Beeren ernähren. Auf Reis, Fleisch und Bohnen müsse sie einstweilen verzichten. Danach würde Yutaki in Saimeis Dorf zurückkehren und mit ihr gewisse Rituale ausführen. Sie würden zusammen die heiligen Lieder singen, die Saimei zur Schamanin für ihr Volk machen würden.

So geschah es, dass Saimei erneut den Ikuta bestieg und sich an dem Ort niederließ, den ihre Mutter für die Gedenkstätte ausgewählt hatte. Dort gab es Beeren in Hülle und Fülle, und an dem schnell fließenden Bach wuchsen wilde Blumen. Hier, in dem klaren Wildbach, der vom heiligen Berg herabfloss, badete sie jeden Tag im eisigen Wasser, um innerlich rein zu werden. Denn Yutaki hatte ihr gesagt, dass es den Geistern gefallen würde und sie so ihre Seele ganz und gar durchfluten würden.

Jeden Tag drang Saimei tiefer in das Gewirr der Pfade und Wege vor, die den heiligen Berg umgaben, geschützt von Kiefern und silberfarbenen Birken. Immer war Nifu bei ihr. Er erhellte ihren Pfad und schwirrte flink vor ihr her. Er wusste, dass er ihr alle heiligen Plätze auf dem Berg zeigen musste, an denen sie sicher um innere Führung bitten konnte.

Als Saimei getan hatte, was ihr aufgetragen worden war,

als sie gebadet, gefastet und den Berg erkundet hatte, schickte man nach Yutaki und bat sie, zurück ins Dorf zu kommen, wo Saimei und Teteke sie erwarteten. Und so kehrte sie zurück, begleitet von ihrem weißen Pferd und ihren magischen Werkzeugen. Sie sah sofort, dass der Geist in Saimeis Seele nun rein geworden war. Sie war bereit, Schamanin zu werden.

Mittlerweile war der Frühling ins Land gekommen. Die Wasser des heiligen Berges hatten die Erde fruchtbar gemacht, die Reisfelder grünten. Auf dem See vor Saimeis Haus putzten immer noch die gelbbraunen Enten ihr Gefieder und sandten kreisförmige Muster aus winzigen Wellen über die Wasseroberfläche. Hin und wieder strich ein majestätischer, grauer Reiher über das grüne Schilf.

Wieder hatte Yutaki Trommel und Bogen mitgebracht. Dieses Mal aber führte sie auch bunt geschmückte Pfeile mit sich, die sie weit in den Himmel schoss, um die Götter und Geister wissen zu lassen, dass das Ritual nun begann. Yutaki und Saimei einigten sich auf den fünften Tag des fünften Monats. Sie wussten, dass um diese Zeit die *kami*-Geister schon von den bewaldeten Hängen des Ikuta heruntergestiegen waren und sich in den Feldern und Seen des Tales niedergelassen hatten. Von hier aus würden sie, Wanderer zwischen den Welten, dem heiligen Ritual beiwohnen.

Also versammelte sich am Abend des fünften Tages des fünften Monats eine Schar von Verwandten und Freunden in Saimeis Haus am See, wo man rote Laternen angezündet hatte, damit die Geister es schon von weitem erkennen konnten. Als Yutaki und Saimei beteten, sangen und die heiligen Lieder summten, stellte sich eine mächtige Heilkraft ein, der Segen der Götter des Ikuta.

Yutaki trug lange Kleider aus fließender Seide im dunklen Blau der Abenddämmerung, Saimeis seidener Umhang hingegen war strahlend weiß wie die schneebedeckten Hänge des heiligen Berges. Saimei wusste, dass es die Farbe des Todes war, denn sie musste im Angesicht der Welt den Tod erleiden und wiedergeboren werden. Yutaki würde einen neuen Geist in sie herabrufen, und dieser Geist würde ihre Seele mit neuer Hoffnung und neuem Leben erfüllen.

Das sanfte Abendlicht warf seine purpurnen Schatten über den See, und alle sahen zu, wie Yutaki ihre befiederten Pfeile in den Himmel schoss und den Geist der Heilung herabrief, auf dass er sich in ihrer Mitte niederließe. Denn Yutaki hatte vorhergesehen, dass er in Saimeis Seele wohnen und ihr künftig mit Rat und Tat zur Seite stehen würde.

Dann begann Yutaki auf ihrem Catalpa-Bogen zu spielen. Ihre Lieder erhoben sich in den Himmel. Saimei, die bewegungslos vor ihrer Lehrerin saß, begann auf einmal heftig zu zittern. Schon hatte ein mächtiger Geist begonnen, in ihre Seele einzudringen. Dann fragte Yutaki mit lauter Stimme, welcher Gott oder Geist hier in ihre Mitte gekommen sei. Und Saimeis blutleere, zitternde Lippen sprachen den Namen aus. Alle, die sich in dem Haus am See versammelt hatten, vernahmen, dass es die Göttin des Wassers war, die zu ihnen gekommen war und Saimei als Mittlerin für ihre Gaben ausersehen hatte.

Saimei sank ohnmächtig zu Boden, als sei mit einem Mal alles Leben aus ihr gewichen. Einige fürchteten gar, dass böse Geister ihre Seele gestohlen und in die Unterwelt entführt hätten, denn ihr Körper lag leblos da, während ihr Gesicht von geisterhafter Blässe überzogen war. Man trug sie eilig in ihr Zimmer, wo man ihr süß duftende Kräuter auf die Wangen legte. Ihr Mutter entkleidete sie und nahm ihr das Gewand des Todes ab. Dann zog sie ihr einen anderen Kimono an, dessen Farbe das Leben symbolisierte, sodass alle Anwesenden sehen konnten, dass nun eine neue Kraft in ihrer Seele wohnte.

Saimei kam schnell wieder zu sich. Der süße Duft der Kräuter brachte ihre Atmung wieder in Gang. Noch einmal zeigte sie sich der kleinen Versammlung am See – dieses Mal in einem Kimono von reinstem Blau, so blau wie die heiligen Wasser, die vom Ikuta herabflossen. Ein

Leben habe sie, so erklärte Yutaki, nun hinter sich gelassen und ein anderes begonnen. Ihre Seele sei eine andere geworden. Und jedermann sah, dass wirklich neues Leben in sie eingekehrt war und den bleichen Lippen ihre Farbe zurückgegeben hatte. Bald leuchteten auch die Wangen wieder in frischen Farben. In ihren klaren Augen schimmerte ein ganz neues Licht. Nun wussten alle, dass Saimei zurückgekehrt war, um künftig unter ihnen zu leben – als Heilerin und Schamanin.

Saimei saß auf dem Boden und streckte dem Himmel die offenen Handflächen entgegen – ein Willkommensgruß an die Herrin des Wassers. Als sie das Gebet zu Ende gesprochen hatte, erschien ein Licht in ihrer aller Mitte. Die Göttin war unter ihnen und schenkte allen, die sich versammelt hatten, ein Gefühl von Reinigung und Erneuerung. Einige der Anwesenden spürten auch die Gegenwart Kakumeis und Nifus. Saimei dankte der großen Schamanin Yutaki dafür, dass sie in ihr Dorf gekommen war und denen, die ihren Segen gesucht hatten, ihre Heilkräfte zuteil hatte werden lassen.

Nun wurde gefeiert. Kleine Sakekrüge wurden unter den Gästen herumgereicht, zu grünem Tee gab es feine Speisen und Früchte. Und die Gäste priesen die Göttin des Wassers und die *kami*-Geister, die vom Ikuta ins grüne Tal gekommen waren – denn die Menschen im Dorf wussten, dass die Götter immer über sie wachten und ihr Glück und ihre Hoffnungen teilten.

Nachdem Yutaki fort war, verspürte Saimei ein tiefes Bedürfnis, weiter auf den Pfaden der »Alten« zu reisen. Eines Abends, als die Sonne schon fast in den Reisfeldern versunken war, suchte sie noch einmal die Lichtung auf der anderen Seite des Sees auf und setzte sich vor ihrem heiligen Sakaki-Baum ins Gras. Sie schloss die Augen und bat offenen Herzens Nifu um sein Erscheinen.

In ihrer Vision fingen die Zweige des Sakaki-Baumes an, sich zu bewegen, als erfasse sie ein starker Wind. Er war plötzlich riesengroß und seine Blätter schienen den ganzen Himmel auszufüllen, während sein Stamm sich weit ins Firmament hineinreckte. Grüngoldenes Licht umhüllte ihn, als ob Sonnentau auf seine Blätter gefallen sei.

Da stand Nifu vor ihr in seinem grün und blau schimmernden Gefieder. Dieses Mal sprach er kein Wort und bedeutete Saimei nur, ihm zu folgen. Schon hoben sie sich gemeinsam in die Luft und flogen von Zweig zu Zweig, immer höher hinauf, denn der Sakaki-Baum war nun eine eigene Welt geworden.

Hin und wieder entdeckte Saimei Vögel und andere Tiere, die in seinen Zweigen lebten. Eine goldene Schlange hatte sich um seine äußeren Zweige gewunden. All diese

Geschöpfe, so wusste sie, waren *kami*-Geister, die vom Berg gekommen waren, um von diesem Baum aus das Dorf zu beschützen.

Alsbald aber verschwand der Baum so schnell, wie er zuvor gewachsen war. Saimei sah sich um, Nifu war verschwunden. Sie reiste allein – durch den schwarzen Nachthimmel hinauf zu den leuchtenden Sternen. Als sie näher kam, entdeckte sie, dass die Sterne für sie einen Pfad gezeichnet hatten – eine Reihe strahlender Lichtpunkte, die am Himmel tanzten. Und dieser Pfad rief sie nun – sie solle vorwärts gehen in das Reich der Geister und Toten. Sie wusste, dass es ihre Aufgabe war, mit ihnen zu sprechen. So stand es geschrieben, und sie war nun eine Mittlerin für die Götter.

Eilig folgte Saimei den Lichtpunkten, als sie vor sich plötzlich eine gewaltige Brücke sah, deren Pfeiler in silbernes Licht getaucht waren. Es war die Brücke zwischen den Welten – zwischen der Welt der Lebenden und der Welt der Toten.

Saimei gewahrte eine in eine schöne Robe gekleidete Gestalt am Anfang der Brücke, die sie zu erwarten schien. Bald erkannte sie die Herrin des Wassers, in fließende Gewänder aus Blau und Silber gekleidet.

In ihrem Haar glitzerte der Morgentau. Ihr ganzes Wesen strahlte Hoffnung aus und Erneuerung, flossen doch ihre heiligen Wasser vom Ikuta herab und brachten dem Land neues Leben. Vor dem dunklen Nachthimmel funkelte ihr Körper, als hüllten Tausende wie Kristalle schimmernde Regentropfen sie ein. Ihr heiliges Lied war das Geschenk des Lebens. Als Saimei sich ihr näherte, beugte sie respektvoll das Haupt und wartete schweigend. Unter allen Göttern und Gottheiten würde die Herrin des Wassers ihre Seele am tiefsten berühren.

Einen Augenblick später fühlte Saimei sich von sanft fließender Musik erfüllt. So ließ die Göttin Wissen über den Himmel und die Unterwelt in sie hineinfließen. Und als sie da neben der heiligen Brücke stand, schien es ihr, als habe sie diese unendlichen Räume in nur einem Augenblick durchmessen.

Saimei schwebte zwischen den Himmels-*kami* dahin. Sie liebte sie, denn sie waren so sanft wie der Morgennebel. Plötzlich aber geriet sie unter die einsamen Geister all derer, die in den dunklen Welten unter der Erde leben, während die zugehörigen Körper auf der Erde von Unglück, Krankheit und allen Übeln geschlagen wurden. Die Kräfte des Bösen hatten diese menschlichen Seelen entführt und in den finsteren Welten versteckt.

So wusste Saimei nun, dass sie nicht nur in den Himmel, sondern auch in die Welten unter der Erde reisen konnte, wenn sie von ihrem Sakaki-Baum aus eine Visionsreise antrat. Dieser Baumriese war in Wirklichkeit eine Leiter, welche die beiden Welten miteinander verband. Seine höchsten Zweige reichten bis in den Himmel hinauf, seine dicken Wurzeln aber in die finstere Erde hinab. Als Heilerin ihres Volkes musste sie lernen, diesen Baum zu benutzen. Sie musste die unteren und oberen Welten besuchen, um den Notleidenden Leben und Mut zu bringen.

Als sie das erkannt hatte, ließ die Göttin des Wassers Saimei wissen, wie sie über die Lichtbrücke gelangen könne. Es war eine ganz besondere Gabe, die nur wenigen zuteil wurde. Denn ohne den Segen der Götter und Göttinnen war es lebenden Wesen nicht erlaubt, diese Brücke zu überqueren und wieder dorthin zurückzukehren, woher sie gekommen waren. Nur diejenigen, die schon gestorben waren, durften sie passieren. Ihnen war es erlaubt, das Reich der Toten zu betreten.

Mit dem Segen der Wassergöttin durfte Saimei sich also in dieses Land vorwagen. Sobald sie auf die andere Seite der Lichtbrücke gelangt war, sah sie, wie eine vertraute Gestalt sich aus dem Schattenreich löste und auf sie zukam. Es war Kakumei, ihr geliebter Vater.

Kakumei erschien ihr ganz so, wie sie ihn früher gekannt hatte, denn er lebte nun in einer Welt jenseits von Zeit, Alter und Wandel – und dies würde immer so bleiben. Lange Strähnen weißen Haares flossen über seine Schultern. Er trug immer noch seinen goldfarbenen Lieblingskimono, in den man ihm gekleidet hatte, als er diese Welt verließ, um ins Reich der Toten einzugehen. Aus seinen Augen strahlte ein tiefer Friede.

Saimei dachte an ihr Fieber und den machtvollen Traum, den sie damals gehabt hatte, als sie als Geist-Vogel am Himmel dahingezogen war. Damals hatte ihr Vater sie wissen lassen, dass sie bald zur Schamanin werden würde. Später hatte er stolz zugesehen, wie Yutaki für sie einen neuen Geist gerufen hatte: die Herrin des Wassers. Sie wusste, dass Kakumei wie Nifu immer bei ihr sein würde.

Kakumei sah, dass Saimei schon Erfahrungen auf den inneren Pfaden des Geistes gesammelt hatte. Die Wassergöttin hatte ihr Wissen geschenkt, und so kannte sie nun das weite Gebiet der hohen und niederen Welten. Sie wusste, dass sie als Schamanin an all diese Orte reisen musste, wollte sie die verlorenen Seelen jener zurückholen, die krank und ohne Lebensmut waren. Und dass sie diese in die Welt der Lebenden führen musste, um sie ihren Besitzern zurückzubringen und wieder einzuhauchen.

Aber Kakumei war sich auch bewusst, dass jeder Heiler einen Schutzgeist braucht, dass er seine Wächter rufen muss, die ihm auf seinen Geistreisen beistehen. Nifu, Saimeis *kami*, würde zwar immer bei ihr sein, doch sie würde ganz sicher noch andere Helfer zur Unterstützung brauchen. Und so hatte Kakumei ein Geistwesen mitgebracht, mit dem er sie nun bekannt machen würde – ein Geschöpf voller Weisheit und Voraussicht, das ihr auf ihren geheimen Pfaden immer beistehen konnte. So bat Kakumei seine Tochter, sie möge ihren Blick auf die nebligen Schatten um sie herum richten, dann würde das Geschöpf sich ihr zeigen – als Verbündeter und Freund.

Da trat der Geist-Helfer in sanftem Lichtschein auf Saimei zu – ein kleiner, flinker Fuchs. Sein Fell war tiefrot, sein Gesicht aber weiß. Die funkelnden, braunen Augen sahen sie an – er war ein Schutzgeist, der um die geheimen Wege wusste. Waren nicht alle Füchse für ihre weise Voraussicht bekannt? Aus diesem Grund hatten viele Schamaninnen im Land Füchse zu ihren Helfern erkoren, denn sie fanden selbst die verborgensten Plätze und spürten alles auf, was verloren gegangen war. Geist-Füchse konnten ungesehen zwischen den Welten wandern und die Schamanin an Orte bringen, an die sie sonst nie gelangen würde.

Und so hieß Saimei dieses Geistwesen herzlich willkommen und versprach ihm, es mit Tofu und anderen Leckerbissen zu füttern, an die es sich gewöhnt zu haben schien. Kakumei reichte ihr eine kleine, goldene Glocke, mit der sie den Fuchs würde rufen können, wann immer sie ihn an ihrer Seite brauchte. Der Name des Fuchses war

Miko – was so viel bedeutete wie: »einer, der für die alten Geister Auge und Stimme ist«.

Nun verabschiedete sich Kakumei und bat Saimei, in die Welt der Lebenden zurückzukehren. So reiste sie zurück über die Lichtbrücke, durch den Nachthimmel mit seinem funkelnden Sternenpfad, bis sie schließlich bei ihrem heiligen Sakaki-Baum anlangte. Sie kletterte durch die Zweige nach unten und stand bald wieder auf der Lichtung am Seeufer. In ihrer Hand hielt sie die goldene Glocke, mit der sie ihren neuen Geist-Helfer rufen konnte. Sie würde sie an einem Ort verbergen, den nur sie kannte, neben dem kleinen Silberdolch. Beides würde die Verbindung zu ihrem Vater stärken, da sie es als Geschenk aus dem Reich der Toten hierher gebracht hatte.

Von nun an widmete Saimei sich ganz ihrer Aufgabe als Heilerin. Sie hatte eine eigene Trommel, einen eigenen Bogen (beides hatte Yutaki ihr gegeben) und ging in die Häuser jener, die sie rufen ließen, weil Unglück oder Krankheit sie geschlagen hatte. Dort bat sie darum, eine würdige Mittlerin für die Ahnen zu sein. Danach wurde sie ganz still und reiste tief nach innen. Sie öffnete sich den Göttern, damit sie durch sie sprechen konnten. Dafür versorgten die Menschen sie mit Nahrung und Kleidung und schenkten ihr duftende Kräuter zum Räuchern.

Saimei kannte die heiligen Lieder. Sie schlug die Trommel und spielte ihren Catalpa-Bogen. Dann stieg ihre Seele auf, und sie reiste zu ihrem Sakaki-Baum. Dort traf sie Nifu oder rief Miko mit der goldenen Glocke herbei. Zusammen machten sie sich auf zu den abgelegensten Orten, an denen geraubte Seelen verborgen waren, und brachten sie zu den Lebenden zurück. Dabei sang Saimei heilende Lieder und hauchte den Kranken die wieder gefundene Seele ein, damit sie gesund werden konnten.

Und immer noch kümmerte Saimei sich um ihre Mutter. Gemeinsam besuchten sie den Schrein auf dem Ikuta-Berg, wo sie Blumen und Speisen als Opfer für die Geister darbrachten. Zusammen begaben sie sich auf die kleine Lichtung am Berg, wo das Gras so grün spross und die Blumen so reich blühten, wo eine einzelne Birke sich weit in den Himmel reckte. Unter der silbernen Birke legten sie bei Vollmond einen weiteren Stein auf den Hügel, der Kakumeis Gedenkstätte war. So ehrte auch Saimei ihren Vater, denn tief im Herzen wusste sie, dass er stets bei ihr war und von seiner neuen Heimat jenseits der Lichtbrücke auf sie herabblickte.

Eines Morgens aber, als der Sommer sich bereits dem Ende zuneigte, sah Saimei aus dem Fenster und entdeckte einen weißen Nebelschleier über dem See. Je länger sie hinsah, desto deutlicher wurde die silberne Lichtbrücke, die sich darin abzeichnete und die – wie Saimei wusste – das Tor zur anderen Welt öffnete.

Sie sah Kakumei über die Brücke gehen. Langsam kam er auf das Haus zu. Als Saimei sich aus dem Fenster beugte, erkannte sie, dass er gekommen war, um Teteke in der Geisterwelt willkommen zu heißen. Teteke ging auf ihn zu. Endlich waren sie wieder vereint. Hand in Hand schritten sie über die Lichtbrücke und verloren sich im Nebel.

Saimei ging ins Zimmer ihrer Mutter und sah deren Körper friedvoll auf dem Bett ruhen. Ihr Geist hatte ihn verlassen. Er lebte nun mit Kakumei im Reich jenseits der Schatten.

Jedoch mischte sich in Saimeis Trauer darüber auch Freude, und so legte sie einen Strauß wilder Blumen auf die Brust ihrer Mutter. Sie wusste, dass sie nur körperlich tot war, ihr Leben aber in einer anderen Welt fortsetzte. Nun würde sie an einem Ort leben, an dem es weder Alter noch Tod gab. So hatte Teteke ihren Abschied vom Reich der Lebenden genommen. Von nun an würde Saimei allein in dem kleinen Haus am See wohnen.

In der Mitte des siebten Monats wurde in Japan das Bon-Fest gefeiert, das Fest der Toten. Auf den Bergen und Hügeln entzündete man gewaltige Feuer. Helle Laternen erleuchteten die Seen. Diese Lichter sollten den Geistern der »Alten«, den lange verstorbenen Seelen, den Weg weisen, damit sie von den Gipfeln herabsteigen und zu ihren Lieben kommen konnten. Tief im Herzen hoffte Saimei, dass auch Kakumei und Teteke den Weg zu ihr finden würden. Dass sie ins Haus kämen und ihren Platz am Herd einnähmen.

Daher opferte sie Speisen und Räucherwerk. Sie füllte das Haus mit wilden Blumen, deren Düfte die beiden willkommen heißen würde, sollten sie sich zum Kommen entschließen. Nachts sandte sie ihre Gebete zum Himmel und bat ihre Eltern, sie während des Bon-Festes zu besuchen.

Als das Fest begann, entzündete man Holzscheite, die man turmhoch gestapelt hatte, auf den Gipfeln der Berge und Hügel. Der warme Schimmer der roten Laternen tanzte im dunstigen Abendlicht auf dem See. Saimei setzte sich ins Gras, um über all diese Dinge nachzudenken.

Während ihr Blick über den See schweifte, nahm plötzlich die silbrige Lichtbrücke über der Wasseroberfläche wieder Gestalt an. Von tiefer Freude erfüllt und bewegt beobachtete Saimei, wie ihr Vater und ihre Mutter auf sie zukamen. Sie wurden von Nifu begleitet, dessen azurfarbenes Gefieder im Licht schimmerte. Und Miko war auch dabei. Seine alles durchdringenden Augen wanderten aufmerksam durch die Gegend.

Nun erkannte Saimei, dass sie keineswegs gekommen

waren, um zu feiern. Heute Nacht würde ihr wohl eine neue Aufgabe gestellt werden. Sie spürte die Spannung in den Gesichtern der Ihren, die kaum Zeit für die Begrüßung zu haben schienen.

Kakumei blieb am See stehen und rief, Saimei solle sich ihnen geschwind anschließen, da die Herrin des Wassers nach ihnen allen verlange. Sie habe ihnen befohlen, sich zum Ikuta-Berg zu begeben, wo sie ihnen erscheinen würde. Dort habe sie ihnen etwas außergewöhnlich Wichtiges mitzuteilen.

Und so geschah es, dass Kakumei, Teteke und Saimei zusammen mit ihren Schutzgeistern so spät am Abend den steinigen Pfad hinaufkletterten, der vom Dorf zum Ikuta führte. Miko ging voran, da er den Weg besser sehen konnte. Nifus azurfarbenes Licht leuchtete ihnen.

Eilig schritten sie durch dichte Kiefernwälder und zwischen hellen Birkenstämmen hindurch, bis sie an die kleine Lichtung kamen, die der Wildbach durchquerte. Gras und Beerensträucher wuchsen dort reichlich, während sich eine große Birke hoch in den Himmel reckte. Hier, neben dem kleinen Steinhaufen, den Teteke und Saimei für Kakumei angelegt hatten, wartete die Herrin des Wassers auf sie.

Ihr Leuchten breitete einen silbernen Schleier über Gras und Bäume. Als Kakumei, Teteke und Saimei sich vor der

Göttin verbeugten, erhob sich ein Gesang von zeitloser Schönheit aus dem Herzen der Erde. Ein Gesang, der ihnen eine uralte Geschichte erzählte: von den heiligen Wassern des Ikuta, welche den Menschen die Gabe des Lebens brachten.

Wieder war der Anblick der Göttin Ehrfurcht gebietend. Ihr Kimono aus fließendem Blau und Silber verhüllte den wie von Kristallen funkelnden Körper. Doch in ihren Augen stand grenzenlose Traurigkeit. Der Kummer hatte sich tief in ihr Herz gebohrt.

Die Göttin ließ sie wissen, weshalb sie hierher gerufen worden waren: Es sei nun an der Zeit, die reine und heilige Gegenwart des Ikuta zu stärken, sie zu ehren und für alle Zeiten zu bewahren. Wie die Menschen immer schon gewusst hätten, sei dieser große Berg eine Quelle des Lebens. Die Wasser des Berges flössen in Flüsse und Strömen hernieder und schenkten den Reisfeldern neues Leben. Seit uewigen Zeiten kämen die *kami*-Geister, die hier an diesem heiligen Ort lebten, vom Berg herab, um das Wachstum zu überwachen. Alle wüssten es. Die Menschen erzählten darüber sogar Geschichten. Das sei immer so gewesen – vom Anbeginn der Zeiten bis jetzt.

Doch jetzt hätten die Menschen die geistige Welt vergessen, und so müssten die Dinge wieder in Ordnung gebracht werden. Daher sei beschlossen worden, dass ein

Mensch reinen Herzens, der um die Gesetze des Geistes wusste und sie achtete, auf den Ikuta steigen solle. Dieser Auserwählte sei ein treuer Diener der »Alten« und damit ihr Botschafter. Die Göttin würde ihn an einen geheimen und heiligen Ort bringen, über den die »Alten« seit Urzeiten wachten.

Als sie das vernahm, trat Saimei vor und bat um die Ehre, den »Alten« dienen zu dürfen. Sie würde sich geehrt fühlen, die Göttin zu begleiten, und würde tun, was man ihr befahl. Kakumei und Teteke bezeugten, dass ihre Tochter eine reine, treue Dienerin der »Alten« sei, ein vollkommenes Gefäß für den Geist.

Nun streckte die Wassergöttin ihren Arm zum Gipfel des Ikuta hinauf. Kakumei, Teteke und Saimei beobachteten, wie dunkle Wolken sich über dem Berg ballten. Schließlich fuhr ein silberner Blitz in die Bergspitze, dessen Licht die waldigen Hänge erleuchtete, und unmittelbar vor ihnen tat sich ein Tor im Berg auf.

Als sie durch das Tor hineinblickten, sahen sie, dass der Berg innen von einer goldenen Kugel erleuchtet wurde, die so hell strahlte wie die Sonne. Im Licht dieser Kugel erkannten sie einen schmalen Felsenpfad, der tief in die Erde hineinführte. Dann rief die Herrin des Wassers Saimei an ihre Seite. Gemeinsam durchschritten sie das Tor und begannen ihre Reise in die Tiefe. Als das Tor sich hinter ihnen schloss, wurde es auf dem Berg wieder dunkel. Kakumei, Teteke und die Geist-Helfer aber kehrten an den Ort zurück, von dem sie gekommen waren.

In der Zwischenzeit stiegen Saimei und die Wassergöttin immer tiefer in den heiligen Berg hinab. Sie reisten an einen Ort im Zentrum der Erde. Nachdem sie ungeheure Höhlenwelten durchquert hatten, kamen sie an einen Ort großer Stille – einen Ort jenseits des Landes der Ahnen, jenseits der Lichtbrücke.

So brachte die Herrin des Wassers Saimei an den Großen Geist-See, einen Binnensee, der weit unter dem Ikuta lag, im Zentrum der Welt. Als sie dort Rast machten, erklärte die Göttin Saimei, dass dieser gewaltige See schon existiert habe, bevor die Welt entstanden war. Er enthielt die Wasser des Lebens, dieselben, die an den Hängen des Ikuta flossen. Er war der »See, Aus Dem Alles Hervorging«.

Hier würden Saimei und die Göttin des Wassers warten, bis ihre Zeit gekommen war. Denn die »Alten« hatten auch in anderen Ländern ihre Boten nach treuen, würdigen Dienern ausgesandt. Aus jeder der vier Himmelsrichtungen – aus dem Norden, dem Süden, dem Osten und dem Westen – wurden Schamanen und Heiler gerufen, die Hüter des Großen Geistes. Sie würden an diesen heiligen Ort reisen.

Und die Götter waren erfreut, dass Saimei für den Osten gekommen war. So würde auch sie Zeugin der Wiedergeburt der Welt werden.

Westen

Bald würde die Sonne hinter den Bergen untergehen und das düstere Licht der Dämmerung über den Urwald fallen. Als Baiya in das dichte Blattwerk rund um die Lichtung starrte, konnte er die düsteren Rufe der Nachtvögel hören, die sich in den Zweigen sammelten. Ihr schrilles, hohes Schreien jagte ihm immer einen Schauer über den Rücken, denn in der Abenddämmerung mischten sich die Geister der jüngst Verstorbenen unter die Menschen. Meist besuchten sie ein letztes Mal ihr früheres Zuhause, bevor sie sich in die Tiefen des Urwalds aufmachten. Um diese Zeit musste man stark bleiben und auf die eigene Seele achten.

Heute Nacht aber würde es im Langhaus der Männer eine Versammlung geben. Sie würden in Freundschaft zusammenkommen, ihre Gesichter mit heiligen Zeichen bemalt, wie ihre Vorfahren es ihnen gezeigt hatten. Sie würden ihre Rasseln und Klangstöcke mitbringen, gemeinsam den alten Geschichten lauschen und die alten Lieder singen. Dann würden die Männer der Reihe nach einen Schluck von dem magischen Trank aus dem Flaschenkürbis nehmen. So öffnen die Männer ihres Volkes seit jeher ihr Herz für die Visionen der Geister.

Als der Dschungel tief im Dunkeln lag, machte Baiya sich auf den Weg zum Männerhaus. In der Ferne hörte er Hunde bellen. Hühner scharrten auf dem Boden. Im Urwald würden die Rufe der Nachtvögel und das Summen der Insekten bis zum Morgengrauen kein Ende nehmen.

Gesicht und Arme hatte er mit den heiligen Zeichen seines Volkes bemalt. Er trug seine Rassel bei sich, seinen Federkopfschmuck und einen Kürbis mit süßem Maniokbier, das sie später am Abend trinken würden. Als er an dem Maisfeld vorbeikam, dem Land, das sie dem Dschungel eben abgerungen hatten, sah er, dass auch die anderen Männer der Reihe nach eintrafen. Im Langhaus hatte man eine Fackel angezündet, ein schmaler Lichtstreifen fiel durch die offene Tür.

Einige der Männer hatten bereits ihre Plätze auf den schmalen Holzstühlen rund um die Feuerstelle eingenommen. Im flackernden Licht wirkten sie beinahe, als sei der Regenbogen selbst zu Besuch gekommen, denn jeder von ihnen trug einen Kopfschmuck aus leuchtenden Tukanfedern, und auch ihre Gesichter waren bunt bemalt. Baiyas Freund Setuma hatte den Krug mit dem heiligen Yajé-Trank mitgebracht, den sie aus der gleichnamigen Liane bereiteten. Setumas Ellbogen und Knöchel waren mit reich verzierten Rasseln geschmückt. Waka spielte bereits auf seiner Flöte.

Als Baiya das Langhaus betrat, drehten sich die anderen Männer um und begrüßten ihn. Er war der Älteste, und so kam ihm später die Aufgabe zu, die Yajé-Gefässe an alle herumzureichen.

Bald sprachen sie nur noch über ihre Begegnungen mit den Geistern, über Zaubersprüche und -tränke, die ihnen gedient hatten. Ein paar erzählten von der sehr beeindruckenden Zauberkunst des Nachbarvolkes, das tief unten an den Berghängen lebte.

Dann stellte Setuma den Yajé-Krug in die Mitte des Raumes, wo die Fackel brannte. Baiya rührte die Flüssigkeit mit einem Holzstock um und goss sie dann in zwei Flaschenkürbisse. Diese reichte er an alle herum, während Waka auf seiner Flöte spielte und Forako sang.

Kurz darauf spürten sie, dass die »Alten« zu ihnen ins Langhaus gekommen waren. Sie begannen zu zittern, als habe sie ein heftiger Schüttelfrost ergriffen. Wie im Sturm schwankten sie hin und her, bis ein schimmerndes Licht das Langhaus zu durchdringen schien. Ein blendender Strom von Farben ergoss sich über sie, in dem sie dahinschwammen wie auf einem Wildbach. Als die geschnitzten Pfosten des Langhauses sich in juwelengeschmückte Schlangen verwandelten, die sich ringelten und wanden, bis sie schließlich ins Dachgebälk kletterten, erfüllte ein Chor schrill heulender Geist-Stimmen die Luft.

Die Männer tanzten gemeinsam in der Mitte des Langhauses. Sie ließen ihre Armbänder aus Samen schwirren und erzeugten ein Surren wie von Insekten. Ihr farbiger Kopfschmuck verwandelte sich in Vögel, die pfeilschnell durch den Raum schossen. Und schließlich sangen sie nun selbst: Lieder, die aus den Tiefen der Erde zu ihnen gekommen waren, die sich wie Spinnwebfäden im goldenen Herbstlicht auf ihre Seele gelegt und sie mit Frieden erfüllt hatten. Nun fürchteten sie sich nicht mehr vor magischen Angriffen, Nachbarn auf dem Kriegspfad oder Schadenszauber – denn sie tanzten den Tanz des Kolibris, sangen das Lied der Bienen und brachten dem Jaguar mit seinen wilden Augen Opfergaben dar, um ihn als Beschützer und Freund zu gewinnen.

Später am Abend, als das Fest vorbei und alle Geschichten erzählt waren, wanderte Baiya langsam zu seinem mit Palmenwedeln gedeckten Haus am Waldrand zurück. Still stand er neben dem Bergbach und lauschte dem freundlichen Quaken der Frösche und Kröten, dem sanften Rauschen des Wassers, das seinen Weg über die Steine nahm. An diesem stillen Ort dachte Baiya daran zurück, wie er selbst zum Schamanen und Heiler geworden war.

Über ihm im Nachthimmel leuchteten Tausende von Sternen. Baiya wusste, dass die »Alten« einst selbst von den Sternen gekommen waren – und dass das Sternenvolk in der Morgendämmerung der Zeit über die Erde gewandert war. Sie hatten den heiligen Yajé-Trank zur Erde gebracht und seinen Ahnen gezeigt, wie sie ihn nutzen sollten, um zu den Geistern zu reisen.

Felisario, sein Lehrer, hatte ihm zum ersten Mal von diesen Dingen erzählt. Felisario, der Meister-Schamane, der ihn auf den Pfad der Geister geführt hatte, als Baiya noch ganz jung war.

Baiya hatte immer schon von Geist-Geschöpfen geträumt, so lange er sich erinnern konnte. Sie kamen Nacht für Nacht zu ihm, wisperten ihm ins Ohr und sangen aus den Tiefen seiner Seele. Am Morgen wachte er schweißgebadet auf, wenn er das Funkeln im Auge des Jaguars gesehen, wenn er mit Anakonda-Riesenschlangen gesprochen hatte, die sich um seinen Bettpfosten wanden. Später sprach er mit Maleiwa, seinem älteren Bruder, über diese Träume und fragte ihn, ob er eines Tages wohl Schamane werden würde. Schließlich waren diese die Meister der Geist-Tiere.

Da die Traumvisionen anhielten, riet Maleiwa ihm eines Tages, zu Felisario zu gehen, einem geachteten, vertrauenswürdigen Schamanen, der in einer mit Palmblättern gedeckten Hütte mitten im Dschungel wohnte. Maleiwa sagte, Felisario würde sofort erkennen, ob Baiya zum Schamanen berufen sei, denn er könne das geheimnisvolle

Licht sehen, das jede lebende Seele umgibt, wie nur Schamanen es verstehen. Er erkenne die mysteriösen Zeichen und Farben, welche die Götter darin festgehalten hatten. Sie würden ihm Auskunft darüber geben, ob Baiyas Bitte aufrichtig sei und ob er über Heilkräfte verfüge.

Und so wartete Baiya seinen achtzehnten Geburtstag ab und machte sich dann auf über den Felsenkamm bei den Xini-Wasserfällen, weiter ins dichte Unterholz des Urwalds, bis er an eine kleine Lichtung am Fuß der Berge kam. Dort stand das mit Palmwedeln gedeckte Haus, in dem Felisario allein lebte, inmitten seiner Hühner, Hunde und seines von Unkraut übersäten Gartens.

Felisario war bei der Ernte. Unbekümmert sah er auf, als Baiya näher kam, denn er wusste, dass der junge Mann nicht als Feind kam. Baiya seinerseits zeigte Respekt. Schließlich sprach er hier mit einem Menschen, der mit Magie und Geistern Umgang hatte.

Felisario hatte ein breites, offenes Gesicht – fast ohne Falten. In seinen braunen Augen schien ein besonderes Licht zu leuchten. Maleiwa hatte ihm erzählt, dass es das Kennzeichen der Schamanen sei. Felisario strahlte eine ruhige Kraft aus, ein starkes inneres Gleichgewicht, aber auch Wärme und Freundlichkeit. Und er schien zu wissen, weshalb Baiya gekommen war.

Baiya überreichte ihm die mitgebrachten Geschenke,

etwas Essen und Tabak. Dann sagte er zu Felisario, dass er gern die Heilkunst erlernen würde. Zum Ausgleich für den Unterricht würde er auf den Feldern des Schamanen arbeiten, sein Maniokbier zubereiten, Unkraut im Garten jäten und sich um den Mais kümmern … und was Felisario sonst noch von ihm verlange.

Felisario antwortete nicht sofort. Stattdessen bedeutete er Baiya, er solle sein Hemd ausziehen und sich auf den Boden legen. Und da konnte Felisario erkennen, wie Baiyas Brust von Lichtteilchen übersät war, die sich zu heiligen Formen und Mustern anordneten. Er freute sich, sie bei einem so jungen Menschen zu sehen, denn die Geister selbst hatten diese Zeichen hinterlassen. Bei Baiya waren sie klar und deutlich zu erkennen.

Felisario hatte keinen eigenen Sohn, an den er sein Wissen hätte weitergeben können. So schienen die Geister jetzt dafür Sorge zu tragen, dass es nicht verloren ging. Also wurde Baiya Felisarios Schüler, der ihm in einer Ecke seines Hauses ein Bett aus Palmenblättern bereitete. Baiya würde lernen müssen, von Räucherfleisch, Maniok und Fruchtbrei zu leben, auch wenn es hin und wieder Rebhühner gab, und zu bestimmten Jahreszeiten noch Mais und Nüsse dazu kamen. Er würde sich um die Tiere kümmern und ab und zu könnten sie im Fluss auch einen der großen, silbernen Sabalo-Lachse fangen.

Baiya störte es nicht, dass er nicht auf Rosen gebettet war. Sogar wenn Felisario seine Pfeife stopfte und das kleine Haus mit dicken Rauchschwaden füllte, nahm Baiya das ohne Murren hin. Und so kam der Tag, an dem Felisario seinem Schüler sagte, dass sie heute tief in den Urwald gehen würden, dorthin, wo die heiligen Lianen wuchsen und sich in mächtigen Strängen bis in die höchsten Bäume wanden. Sie würden die Lianen schneiden, den Geistern danken und die Stängel nach Hause bringen. Dort würden sie sie zu Brei zerstampfen und den heiligen Trank zu sich nehmen, wie die Götter es vor ihnen getan hatten. Der Trank würde ihnen neue Welten zeigen, Baiya würde auf den Pfaden des Geistes wandeln und lernen, mit den Augen eines Heilers zu sehen.

Frühmorgens hingen in den Bäumen noch Nebelfetzen, doch die beiden Männer waren schon nach Norden unterwegs. Sie trugen Bogen und Speere mit sich, ein Bambusmesser, eine Machete und eine größere Menge Pfeile. Felisario trug außerdem noch eine besondere Tasche, in der er die heilige Pflanze nach Hause bringen wollte.

Eine ganze Zeit lag der Weg unter dem Blätterdach klar vor ihnen. Moose, Farne und kleine weiße und gelbe Blumen säumten ihren Pfad. Hin und wieder kniete Felisario sich auf den Boden, um die Fährten der Tapire, Wildschweine und anderer Tiere zu lesen. Es gab viele

Spuren. Felisario konnte sie teilweise allein am Geruch unterscheiden. So erfuhr er, aus welcher Richtung die Geschöpfe des Dschungels gekommen waren und wohin sie weiterzogen.

Tiefer im Urwald zeigte Felisario seinem Schüler verschiedene Bäume: den Caimito, den Sternapfelbaum, mit seinen saftigen Früchten; den Kapokbaum, in dem so viele Geister lebten, und den Kautschukbaum mit seiner glatten, grauen Rinde. Sie hörten die Brüllaffen geschäftig in den Bäumen schnattern und legten hin und wieder eine Pause ein, um dem endlosen Kreischen der roten und blauen Aras zu lauschen.

Doch bald wurde das Unterholz dichter, und sie kamen kaum noch vorwärts. Dornen zerkratzten Baiyas Beine, bis sie bluteten, doch Felisario wusste, mit welchen Blättern er Baiyas Haut behandeln musste, um den Schmerz zu lindern. Nichtsdestotrotz wurde Felisario immer achtsamer, je tiefer sie in den Dschungel vordrangen. Er wusste, dass der Geruch des Blutes den Jaguar anlocken konnte. Auch die olivfarbenen Giftschlangen waren auf den moosigen Baumstämmen nur sehr schlecht auszumachen. So bewegten die beiden sich äußerst vorsichtig durch den Urwald, immer auf der Hut, immer bereit, den Tieren und unsichtbaren Kräften zu begegnen.

Schließlich kamen sie auf der Lichtung an, die Felisario

früher immer allein aufgesucht hatte. Hier hatte er sich einen Unterstand aus Palmwedeln errichtet und eine Hängematte mit dicken Rindenstreifen an zwei Baumstämmen befestigt. Die heilige Liane wuchs nur wenige Meter entfernt, im nahen Fluss würden sie baden und ihre Wunden kühlen können.

Nachdem sie sich eine Zeit lang im Wasser ausgeruht hatten, meinte Felisario, nun sei es an der Zeit, die Liane zu schneiden. Sie würden die Stängel in die Tasche legen, die Felisario extra zu diesem Zweck mitgebracht hatte; nach Hause zurückkehren, wenn die Dunkelheit hereinbrach und den magischen Trank zubereiten.

Auf dem Weg zu dem Ort, an dem die Liane wuchs, summte Felisario leise vor sich hin. Er sang das Lied, das die Sternenmenschen gesungen hatten, als sie den Menschen auf der Erde zur Yajé-Mutter gebracht hatten, ein Lied, das von der heilenden Macht der Geister erzählte. Dann, als sie vor den kräftigen Ranken standen, erklärte Felisario seinem Schüler, welche Teile geschnitten werden durften. Mit seiner Machete hieb er Stücke der Schlingpflanze ab und legte sie vorsichtig in seine Tasche, während er den Geistern für den Segen dankte, den sie den Menschen zuteil werden ließen.

Nach getaner Arbeit mussten sie so schnell als möglich nach Hause zurückkehren, denn so war es Brauch. Also eilten die Männer durch das dichte Unterholz, bis der Urwald sich lichtete und endlich wieder der Weg unter ihren Füßen sichtbar wurde.

Doch es wartete noch eine Überraschung auf sie. Als sie sich dem offenen Land näherten, hörte man plötzlich ein Rascheln im Busch – was Felisario veranlasste, wie erstarrt stehen zu bleiben. Als er die Blätter aber vorsichtig auseinander zog, sah er, dass nicht etwa ein Jaguar ihnen folgte, sondern ein kleines, graues Rebhuhn dort in der Erde scharrte.

Blitzschnell stach Felisario mit dem Speer zu und durchbohrte die Brust des Vogels. Dann dankte er den Geistern. Das Fleisch dieses Geschöpfs würde bald ihre Körper stärken, so wie der Saft der Liane später ihre Seelen laben würde.

Als sie wieder zu Hause waren, holte Felisario einen großen Tontopf hervor, der einzig und allein der Zubereitung des Yajé-Tranks diente. Er war über und über mit weißen, gelben und roten Mustern verziert und hing, wenn er nicht gebraucht wurde, am Deckenbalken. Felisario achtete darauf, dass er immer sauber und gut geschützt war. »Damit ehren wir die Geister«, erklärte er mit einem breiten Lächeln. »Wenn wir aus diesem Gefäß trinken, vereinen wir uns mit der Göttin, die uns den Pfad der Visionen öffnet …«

Doch zuerst mussten sie die Lianenstücke zu Brei stampfen. Sie gossen die Mixtur immer wieder mit Wasser auf und seihten sie dann durch ein Tuch ab. Zwischendrin stellten sie das Gebräu immer wieder auf das nur schwach glimmende Feuer. Als der Abend hereinbrach, goss Felisario die verbleibende Essenz aus der Liane in den Tontopf und trug diesen ins Haus.

Jetzt hockten sie sich auf die Palmstrohmatte in der Mitte des Raumes. Felisario hatte eine kleine Fackel entzündet, deren flackernder Lichtschein nun tanzende Schatten an die Wand warf. Schließlich begann er zu singen und seine Rassel zu schwingen. So zeigte er den Geistern, dass sie für die Begegnung mit ihnen bereit waren.

Er hielt Baiya den Tontopf hin und bedeutete ihm, einen Schluck zu nehmen. Nachdem dieser ihm den Topf zurückgegeben hatte, trank auch er die milchige Flüssigkeit und stellte den Topf genau in die Mitte zwischen sich und Baiya. »Die meisten Menschen kennen nur eine Welt«, flüsterte er seinem jungen Freund zu. »Der Schamane aber muss lernen, seinen Körper zu verlassen, um mit den Geistern an andere Orte zu reisen.«

Dann legte er seine Rasseln neben sich nieder und meinte: »Lass uns sehen, was die Yajé-Mutter für uns hat …«

Einen Augenblick lang hatte Baiya das Gefühl, als bliebe

alles unverändert. Dann wurden mit einem Mal die Farben im Raum viel lebhafter. Bald sah er Felisario nur noch durch einen goldenen Schleier aus Licht. Die Pfähle, die das Dach hielten, schienen riesige Tukanfedern geworden zu sein. Er selbst saß plötzlich auf einem weichen Bett aus Federn. Als sein Blick an sich herabglitt, merkte er, dass er selbst zum Vogel geworden war. Seine roten und gelben Federn leuchteten, als er seine machtvollen Schwingen ausstreckte. Nun flog er im Geist über die Dschungellichtung, segelte über die Kronen mächtiger Urwaldriesen dahin – auf einen gewaltigen Kapokbaum zu, dessen Zweige hoch in den dunklen Nachthimmel reichten.

Als er sich dem riesigen Baum näherte, sah er, dass darauf viele Geistwesen lebten. Auf jedem Zweig saßen winzige Lichtkugeln, die aussahen wie kristallene Tautropfen. In jeder dieser Kugeln waren seltsame Tiere und Wesen eingeschlossen, die er noch nie zuvor gesehen hatte. Doch er flog immer noch höher und höher, bis er den Wipfel des Baumes hinter sich ließ und in die sternenklare Nacht hinein schnellte. Er umarmte die Sterne und reiste immer weiter auf ein helles, silbernes Licht zu.

Jetzt wusste Baiya, dass er im Reich der Sternenmenschen angekommen war. Seine Seele war in den höchsten Himmel aufgestiegen. Aus dem silbernen Lichtschimmer aber, der ihn einhüllte, glitt eine ungeheuer große, edle Gestalt auf ihn zu, eine Frau, die ihn mit den geschwungenen Linien ihrer Gliedmaßen an die Ranken der heiligen Liane erinnerte. Ihre Augen glichen den zarten, pinkfarbenen Blüten, die direkt an den Stängeln wuchsen, und ihr langes Haar strahlte dasselbe silberne Licht aus wie die verblühten Blütenstände der Yajé-Liane. Bis zur Taille war sie vollkommen nackt.

Im nächsten Moment nahm ihn die Yajé-Mutter in die Arme, als sei er ein neugeborenes Baby und drückte sein Gesicht an ihre gewaltigen Brüste, sodass er ihre Milch zu trinken bekam. Und mit dieser nahm Baiya ihre überirdische Schönheit in sich auf, ihre heiligen Mysterien. Er wurde eins mit der Göttin – mit ihr, die alle Geschöpfe auf dieser Erde geboren hatte.

Dann fragte die Yajé-Mutter ihn, weshalb er zu ihr gekommen und was sein Wunsch sei. Doch bereits während sie fragte, sah Baiya an ihren Augen, dass sie die Antwort bereits wusste, hatte er sich doch schon seit langem gewünscht, selbst Reisen zu den Geistern unternehmen zu können, magische, heilende Kräfte zu erwerben und seinem Volk als Schamane zu dienen.

Zuerst aber, so teilte die Yajé-Mutter ihm mit, würde er sich der alles bezwingenden Furcht vor dem Tod stellen müssen. Mit diesen Worten erlosch auf einmal das silberne

Licht. Der Himmel wurde dunkel, und Baiya spürte, wie riesige Schlangen sich bedrohlich um seine Arme und Beine wickelten. Sie wanden sich eng um seinen Körper, glitten geschmeidig in sein Haar, schlängelten sich geschickt durch die Augenhöhlen in seinen Kopf hinein. Baiya glaubte, dass dies sein Ende sei, denn tief in seinem Innersten war er sicher, dass die Erd-Mutter ihn im Stich gelassen hatte.

Als er sich aber endlich ergeben wollte, rutschten die gewundenen Schlangenkörper mit einem Male an ihm hinab und lagen einfach zu seinen Füßen. Sein Blick wanderte nach unten und er erkannte, dass aus den vielen Schlangen eine einzige geworden war, eine gewaltige Anakonda. Und er ritt auf ihrem Rücken wie auf einem Pferd. Diese Schlange reiste nun mit ihm durch die heiligsten Himmel, die weit jenseits der Erdenwelt lagen. Einmal mehr glitt er hinauf zu den Sternen, zu den Bewohnern des Himmels, dem Sternenvolk.

Schließlich verblassten die Visionen immer mehr. Baiya kehrte in die vertraute Welt des Urwaldes zurück. Die Lichtung nahm ihn wieder auf und das Haus mit dem Palmendach begrüßte ihn, als er in die wirkliche Welt zurückkehrte. Vor ihm stand der Yajé-Topf, unter sich spürte er die Palmblattmatte. Und gegenüber saß Felisario, der ihn aufmerksam ansah und sein Gesicht dann zu dem typischen breiten Lächeln verzog.

Sofort fing er an, Baiya Fragen zu stellen.

»Hast du die Yajé-Mutter gesehen?«, meinte er. »Und bist du zum Land des Sternenvolkes gereist?«

Baiya nickte, während Felisario weiter fragte.

»Wie bist du zum Himmel hinauf gelangt?«, wollte er wissen. »Hat ein Geist-Wesen dich dorthin gebracht?«

Da erzählte Baiya Felisario von seiner Schrecken erregenden Begegnung mit den sich windenden Schlangen, von seiner Angst, dass nun der Tod gekommen sei, um seine Seele zu holen. Und wie die Schlangen am Ende einfach zu seinen Füßen gelegen hatten und dort zu der einen riesigen Anakonda geworden seien, die ihn schließlich hoch in den Himmel getragen hatte.

Ein paar Minuten lang blieb es völlig still in dem Haus. Dann rieb Felisario sich die Hände und nickte begeistert mit dem Kopf. Er freute sich, dass sein junger Schüler eine so machtvolle Reise ins Reich der Götter und Geister gemacht hatte.

»Es ist gut, dass du all diese Dinge gesehen hast«, sagte er schließlich. »Es ist gut, dass du an diesen Orten gewesen bist und all das erlebt hast, denn du hast die Heimat der ›Alten‹ besucht und deinen ersten Verbündeten getroffen – und die Anakonda ist eine mächtige Helferin. Von nun an wird der Schlangengeist immer bei dir sein, wenn du als Heiler arbeitest.«

Baiya erinnerte sich bis in alle Einzelheiten an diese Geschehnisse, als er an dem Wildbach stand, der am Rande des Urwalds dahinfloss. Während er dem Quaken der Frösche und Kröten lauschte und dem sanften Rauschen des Wassers, standen die Bilder plötzlich ganz lebendig vor seinem inneren Auge, auch wenn all das schon vor langer Zeit geschehen war.

Damals war er noch ein junger Mann gewesen, der seine erste Reise in die Welt der Geister, ins Reich der Yajé-Mutter, unternahm. Doch das war vor vielen Sommern gewesen. Mit traurigem Herzen dachte Baiya auch an Felisario, der schon lange nicht mehr in der Welt der Lebenden weilte. Er war bei einem tragischen Jagdunfall an den Xini-Wasserfällen ums Leben gekommen, den alle tief beklagt hatten. Als dieser große und geachtete Schamane sein Volk verließ, schien es, als trauere der ganze Urwald um ihn.

Baiyas Aufgabe war es damals gewesen, Felisarios Platz einzunehmen und seinen Weg fortzusetzen. Heute kannte sein Volk ihn als Heiler, der böse Geister aussaugen konnte, die in die Seele der Menschen fuhren und sie allerlei lang andauernden Krankheiten und Übeln aussetzten. Jetzt wusste Baiya die Pfade der Yajé-Mutter zu nutzen. Die heilige Liane hatte ihm immer neue Welten eröffnet. Er wusste, wie er böse Geister bekämpfen und Schadenszauber aufheben konnte. Wie Felisario konnte er die Lichtteilchen in der Seele der Menschen erkennen und sehen, wo ein böser Zauber wirkte. Dann waren die geheiligten Muster unterbrochen und mussten wieder hergestellt werden.

Nachdem Felisario gestorben war, kehrte Baiya noch einmal ins Haus des Meisterschamanen zurück, doch nur, um es anzuzünden und bis auf die Grundmauern niederzubrennen. Damit befreite er Felisarios Seele und sorgte dafür, dass sie nicht weiter unter den Lebenden weilte. Stattdessen konnte sie ins Herz des Urwaldes zurückkehren und von dort aus ihre letzte Reise zum Sternenvolk antreten, in das Reich der Yajé-Mutter im Himmel. Von diesem Moment an schnitt Baiya die Lianen auch nicht mehr an der Stelle, die Felisario ihm gezeigt hatte. Er hatte seinen eigenen Platz gefunden, an dem die Ranken der Yajé-Mutter ebenso hoch ins Laub der Urwaldriesen kletterten.

Baiya und seine Familie hatten ein großes Palmdachhaus im Hochland errichtet, in der Nähe eines klaren Bergbachs. Hier baute er Mais, Nüsse und Maniok an, aber auch Kochbananen, die er über der Glut röstete. In seinem Haus lebten außer ihm selbst und Ruatay, seiner jungen Frau, auch seine Schwester Mira, deren Ehemann und – seit dem Tod seines Vaters – seine alte Mutter, Yopira. Jetzt kümmerte sich Baiyas Sohn, Kavanti, um die Feldfrüchte, die Hunde und Hühner. Er jätete außerdem das Unkraut. Im Augenblick wohnte zudem Maleiwa bei ihm, sein Bruder, der eigentlich in Iquitos lebte, einer Stadt am Amazonas.

Als Maleiwa jung war, hatte er in den Kautschukplantagen gearbeitet, weil er dachte, dort würde er sein Glück machen. Doch die, welche dort das Sagen hatten, hatten ihn herablassend behandelt. Sie hatten ihn einen *cholo* genannt, einen Mischling. Sie verachteten ihn, weil er nicht aus der Stadt kam, aber auch kein richtiger Indio mehr war. Jetzt arbeitete er auf der Fähre, die von Iquitos aus den Amazonas hinauffuhr und in den verschiedenen Dörfern anlegte. Seine Frau Katalina hatte eine Stelle als Dienstmädchen bei einer Familie in der Stadt angenommen.

Nach der Regenzeit, die immer wieder über das waldige Hochland hinwegpeitschte, hatten Mira und ihr Mann Forako sich nach Iquitos aufgemacht. Zunächst führte die Reise sie lange Zeit flussabwärts. In Belén betrachteten sie erstaunt die Hausboote aus Balsaholz, auf denen die Ärmsten der Armen lebten. Und schließlich landeten sie in Iquitos mit seinen grossen Schiffen und Fährbooten, seinen gepflasterten Straßen und mehrstöckigen Häusern. Sie hatten vor, eine gewisse Zeit bei Maleiwa, Katalina und den beiden Kindern zu bleiben, die in einem kleinen Ziegelbau am Rande der Stadt wohnten.

Doch wenn Maleiwa abends mit seiner Familie um den

kleinen Holztisch saß und die Küchenlampe lange Schatten über den bröckelnden Putz an den Wänden warf, sahen Mira und Forako, dass tiefe Traurigkeit in die Seele ihres Bruders eingezogen war. Sie hatten das Gefühl, als sei sein Geist in dem Gewimmel auf Iquitos Straßen verloren gegangen. Forako hingegen erzählte immer wieder vom Dschungel und den Bergen. Er erzählte Maleiwa vom Langhaus auf der Lichtung, wo sich die Männer von Zeit zu Zeit versammelten, um mit Tukanfedern geschmückt rasselschwingend die Yajé-Mutter zu feiern. Und wie sie ihre Geschichten und Mythen erzählten, ihre Lieder sangen, aus dem heiligen Gefäß tranken – den Trank, der ihre Herzen für den Pfad der Vision öffnete.

Forako sah deutlich, wie sehr Maleiwa sich in die Vergangenheit zurücksehnte, in den Urwald und die Berge. Doch nun war er hier in der Stadt gefangen. Seine Seele war hin- und hergerissen zwischen diesen beiden Lebensbereichen – wie ein Insekt, das sich im Netz der Spinne verfangen hatte.

Maleiwa berichtete von der Arbeit auf dem Fluss, in dem böse Geister lebten. Einige dieser Geister fänden ihren Weg in seine Träume. Dann wacht er nachts auf und rufe nach Katalina. Ein Geist vor allem martere ihn – ein seltsames, mächtiges Wesen, das in den Tiefen des Flusses lebe.

Sein Name sei Yacuruna, eine gewaltige Wasserschlange,

die schreckliche Strudel entstehen lasse, wo ein paar Sekunden vorher noch keine waren. Fahre ein Boot in diesen Wirbel hinein, so kippe es um, und Yacuruna ziehe seine Insassen unweigerlich in die Tiefe. Manchmal steige Yacuruna auch in den Himmel auf und sorge für enorme Regenfälle, welche die Stadt nahezu hinwegschwemmten und vielen Menschen den Tod brächten. Nun quäle Yacuruna des Nachts Maleiwa. Er liege wach und fühle, wie die Schlange sich durch die Dunkelheit winde, wie sie immer näher komme, während ihr fauliger Geruch den Raum erfülle. Maleiwa habe Angst, dass seine Seele bald den Dämonen der Finsternis zum Opfer fallen würde, die ihn auf den Grund des Flusses zögen – wo seine Seele für immer verloren sei.

Als Mira und Forako diesen schrecklichen Berichten lauschten, wussten sie, dass es schlimm um Maleiwa stand. Daher beschlossen sie, ihn zu Baiya zu bringen, der die heilige Kraft in Maleiwas Herz zurückbringen und die bösen Geister aus seiner Seele bannen konnte. Sie sprachen mit Katalina und versicherten ihr, dass es Maleiwa mit Sicherheit helfen würde. Und dann nahmen sie ihren Bruder mit zurück – in die Berge und Wälder, zu seiner Familie und seinem Volk.

Zwei Tage später – Maleiwa ruhte sich aus, während sich draußen Nebelstreifen in den höchsten Bäumen verfingen

– wanderten Baiya und Forako in den Dschungel, bewaffnet mit Bogen, Speer, einem Bambusmesser, einer Machete und einer ausreichenden Menge Pfeile. Baiya trug die Tasche, in der sie die Liane nach Hause bringen würden. Ab und an kniete er nieder und untersuchte die Fährten der wilden Tiere, die ihren Weg gekreuzt hatten.

Die Stelle, an der Baiya seine eigenen Lianen entdeckt hatte, lag gleich unterhalb der Xini-Wasserfälle. Die Pflanze war gesund und kräftig. Oben, wo die Ranken in der Sonne lagen, drängten sich pinkfarbene Blüten aneinander. Nun war es Baiya, der die Lieder für das Sternenvolk und die Yajé-Mutter sang, während er einige Stücke von der Liane abschnitt und sie in seine Tasche legte. Danach kehrten er und Forako ins Langhaus der Familie zurück, wo sie die Stängel zu Brei zerstampfen, sie mit Wasser aufgießen und durch ein Tuch filtern würden. Kavanti hatte das Feuer entfacht, auf dem das Gebräu langsam über der Glut einkochte.

Als die Dämmerung über den Urwald hereinbrach und die Lichtung sich mit dem Rufen der Nachtvögel und dem Summen der Insekten füllte, holten sie Maleiwa von seinem Lager und brachten ihn in die Mitte des Raumes, wo der Yajé-Topf stand. Baiya und Forako gossen das Getränk in einen Flaschenkürbis, während Mira und Ruatay ihre Lieder sangen, um ihn willkommen zu heißen. Sie freuten sich, dass Maleiwa zu ihnen zurückgekehrt war. In einer Ecke des Raumes saß Yopira still auf ihrem Bett aus Palmblättern. Auch sie freute sich, dass ihr Sohn wieder bei ihr war, und betete zu den »Alten«, damit diese die bösen Geister aus seiner Seele bannten.

Schließlich reichte Baiya Maleiwa die Kürbisflasche und bat ihn, einen Schluck vom heiligen Trank zu nehmen. Danach trank Forako und am Ende Baiya selbst. Kurz darauf fühlten sie die Gegenwart der »Alten«, denn sie begannen zu zittern und sich zu schütteln. Ein heller Lichtschein erfüllte das Langhaus, als ein Strom von Farben sie einzuschließen schien, ein Strom, auf dem sie dahinglitten wie auf einem klaren Bergbach.

Baiya richtete den Blick auf die Lichtzeichen auf Maleiwas Körper und erkannte, dass die heiligen Muster der Götter zerstört waren, so konnten Geister in seinen Körper eindringen, die nun seine Seele jagten.

Also legte Baiya die Lippen auf Maleiwas Brust und saugte mit aller Kraft die bösen Geister aus dem Körper seines Bruders. Danach spuckte er sie aus und verbannte sie in die Tiefen des Dschungels, bevor er die heiligen Lieder anstimmte, welche die Götter seinem Volk geschenkt hatten. Mit ihnen schickte er das Licht in Maleiwas gepeinigte Seele, als füllte er einen Krug. Die bösen Geister begannen sich zu wehren. Wütend kämpften sie gegen die heilsamen Mächte an, weil sie diesen Körper als den ihren betrachteten und ihn nicht hergeben wollten. Maleiwa hustete und wand sich hin und her. Seine Arme flogen durch die Luft, doch Baiya war immer an seiner Seite. Als der Morgen dämmerte, hatte auch der letzte Geist den Körper seines Bruders verlassen. Die Schlacht war gewonnen. Baiya schüttelte die Rassel über Maleiwa und sang ein altes heilendes Lied. Mira und Ruatay aber nahmen den Bruder in die Arme, um ihn zu trösten.

Als Baiya sein inneres Auge erneut auf Maleiwa richtete, sah er wieder viele Lichtteilchen. Erneut zeichneten sie in seiner Seele das Muster, das die Götter für ihn ausgewählt hatten. Maleiwa und sein Lichtkörper waren wieder im Einklang. Als schließlich der Krug mit dem Maniokbier herumging, nahm Maleiwa einen tiefen Schluck und spürte die Kraft in seinen Körper zurückkehren. Ein neues Wohlgefühl erfüllte seine Seele.

Bald darauf erwachte Baiya eines Morgens und ging wie üblich an den Bergbach, der am Urwald entlangfloss. Das friedliche Rauschen des Wassers beruhigte seine Seele.

Gleichzeitig spürte er, dass vom Dschungel ein Drängen ausging. Seine Geist-Helfer riefen ihn und teilten ihm mit, dass mit der Yajé-Mutter etwas nicht stimmte. Die Erde, so meinten sie, sei aus dem Gleichgewicht geraten. Die Gaben und Segnungen der Götter fanden keine Achtung mehr. Und Baiya erfuhr, dass er bald einen Ruf erhalten würde, dass die »Alten« ihm befahlen, sich auf die Suche zu machen – auch wenn er nicht wusste, wonach er suchen sollte.

An diesem Tag rief Baiya die Ältesten im Langhaus zusammen. Und als die Nacht hereinbrach, wanderte er selbst den steinigen Weg zum Versammlungsort hinauf. In der Ferne hörte er seine Hunde bellen, ein paar Hühner scharrten auf der Erde. Und aus der Tiefe des Urwaldes erklang das endlose Rufen der Nachtvögel und das Summen der Insekten, das bis zum Morgengrauen andauern würde.

Wieder einmal hatte er Gesicht und Arme mit den heiligen Zeichen seines Volkes bemalt, hatte seine Rasseln mitgebracht und seinen Federkopfschmuck aufgesetzt. Als er durch das Maisfeld ging, sah er, dass Forako und Maleiwa ihm vorangingen. Auch die anderen trafen langsam ein. Im Langhaus erhellte eine Fackel den Innenraum. Das Licht fiel durch die Türöffnung und schnitt einen blendend hellen Keil aus der Dunkelheit der Nacht.

Einige der Männer saßen bereits auf den kleinen Holzschemeln rund um das Feuer. Jeder von ihnen trug einen Kopfschmuck aus bunten Tukanfedern. Auf ihrer olivfarbenen Haut zeichneten sich scharf die Linien der heiligen Motive ab. Setuma brachte den heiligen Yajé-Krug. An

Ellbogen und Fußknöcheln trug er kleine, reich verzierte Rasseln. Wie immer spielte Waka die Flöte.

Als Baiya das Langhaus betrat, grüßten ihn die anderen Männer. An diesem Abend würde er die Yajé-Gefäße herumreichen, damit jeder der Versammelten trinken konnte.

Jetzt stellte Setuma den Yajé-Krug in die Mitte des Raumes, der von der Fackel erhellt wurde. Baiya rührte die Flüssigkeit mit einem Stock um und goss sie in zwei Kürbisflaschen. Während sie herumgereicht wurden, spielte Waka auf seiner Flöte, Forako und Maleiwa summten die heiligen Lieder.

Bald kamen die Yajé-Geister über sie. Sie schüttelten sich und zitterten heftig, als würde ein Wind durch sie hindurchfegen, der direkt von den Göttern kam. Wieder verwandelten sich die geschnitzten Pfosten des Langhauses in juwelengeschmückte Schlangen, die sich zu den Dachbalken hinaufwanden, während ringsum das schrille Geschrei der Geist-Stimmen erklang.

Baiya saß mit seinen Freunden inmitten des Farbenmeeres. Seine Seele stieg allmählich auf. Wie ein kristallener Vogel flog er über das dunkle Firmament – bis in die höchsten Himmel hinein. Und wieder umfing ihn das silberne Licht, als die edle Gestalt der Yajé-Mutter auf ihn zukam. Ihre Augen leuchteten wie die pinkfarbenen Blüten, welche die Yajé-Ranken dem Sonnenlicht entgegen streckten. Silbriges Licht strahlte von ihren langen, fließenden Haaren aus.

Dieses Mal aber waren ihre Augen voller Tränen. Die Yajé-Mutter ließ ihn wissen, dass die Welt schrecklichen Zeiten entgegen gehe, dass Stürme und Aufstände die Welt erschütterten, weil die »Alten« die Lebensart der Menschen nicht mehr hinnehmen könnten.

In allen Ländern der Erde wendeten die Menschen sich von den »Alten« ab, die ihre Gaben voller Liebe dargeboten hätten. Doch die Menschen erinnerten sich der heiligen Lehren nicht mehr, die sie in grauer Vorzeit erhalten hätten. Sie hätten ihre Seelen dem Bösen überlassen, sogar Mütter und Kinder vernachlässigten die alten Sitten. Die Menschen könnten einander nicht mehr vertrauen, weil das Lied des Lebens aus ihren Herzen geschwunden sei.

Aber die Yajé-Mutter ließ Baiya auch wissen, dass die Welt noch nicht verloren sei. Es würde eine Läuterung geben, eine Zeremonie der Erneuerung, bei der aus der alten Welt eine neue entstehe. Würdige Schamanen und Heiler aus allen vier Himmelsrichtungen seien von den »Alten« ins Zentrum der Welt gerufen worden. Dort erhebe sich das Große Lied des Lebens von neuem. Die Götter von Himmel und Erde erteilten den Menschen aller Länder erneut ihren Segen – denn das sei der einzig mögliche Weg, die Welt zu retten.

So habe der Große Geist einen würdigen Boten aus dem Westen gerufen, der helfen solle, das alte Wissen auferstehen zu lassen. Und es sei beschlossen worden, dass die Yajé-Mutter diesen Boten an einen geheimen Ort bringen solle, wo alle Spuren zusammenliefen, wo alle Geister Abbilder des Einen Geistes seien. Und er, Baiya, solle zugegen sein bei der Wiedergeburt der Welt.

Die Yajé-Mutter teilte ihm weiter mit, dass sie nun gemeinsam reisen würden. Sie würden durch einen geheimen Gang hinter den Xini-Wasserfällen gehen und von dort aus weiter in die untere Welt.

Und so durchschritten Baiya und die Yajé-Mutter die schmale Öffnung hinter dem Felsvorsprung an den Xini-Fällen, wo sie vor den herabstürzenden Wassermassen sicher waren, und tauchten ein in die dunkle Welt unterhalb der Berge, unterhalb des Urwalds.

Als sie eine Zeit gewandert waren, kamen sie an den Großen Geist-See in der Mitte der Welt – einen See, der immer schon existiert hatte, noch vor Anbeginn der Welt. Das war der heilige »See, Aus Dem Alles Hervorging«.

An diesem See ließen Baiya und die Yajé-Mutter sich nieder und warteten, bis ihre Zeit kommen würde.

Baiya war aus dem Westen gekommen, ein würdiger Hüter. Und er würde Zeuge werden, wie das Große Lied des Lebens die Welt heilen würde.

Im Zentrum

Schließlich erhob sich der Gesang des Großen Geistes über den Wassern, und es war wie ein heiliger Chor, in dem Tausende Kristallglocken läuteten. Die vier Schamanen aus dem Norden, dem Süden, dem Osten und dem Westen wurden an den heiligen Gestaden willkommen geheißen.

Zuerst rief man Enoyuk, der aus dem Norden gekommen war. Er nahm seinen Platz am Ufer des Sees des Großen Geistes ein, des ewigen Sees, aus dem alle Dinge hervorgingen. Und als er am See stand und in die geheimnisvolle Weite blickte, erkannte er, dass der See in Wahrheit ein großer Spiegel war, auf dessen Oberfläche sich alles spiegelte, was in der Welt geschah. Er sah, dass alle Mythen, alle heiligen Lieder der Welt von diesem Ort kamen, an dem die »Alten« geboren worden waren – die Götter und Göttinnen, die über sein Volk wachten und ihm seine innere Wahrheit gaben – seit Anbeginn der Zeit.

Als Enoyuk in den Spiegel blickte, sah er Nuliajuk, die Herrin der Tiere, die in ihrem Reich auf dem Grund des Ozeans saß. Er sah, dass Sila, der Herrscher der Lüfte, in sein Reich in den Wolken zurückgekehrt war. Dort rührte er die Winde auf und schenkte allem Leben den Atem.

Und noch tiefer sah Enoyuk gar den namenlosen Schöpfergott, der der noch dunklen Erde das Licht geschenkt hatte, und er sah den Raben, seinen Helfer. All diese Dinge sah Enoyuk, und so wurde ihm klar, dass auch seine Seele aus dem See des Großen Geistes stammte, weil alles und jedes an einem einzigen Ort entstand und verging – einem Ort ohne Zeit, der immer schon existiert hatte, lange vor der Erschaffung der Welt.

Dann wurde Kalu gerufen, der aus dem Süden an das heilige Gestade gekommen war. Als er ins Wasser blickte, erkannte er, dass in diesem See alle Träume und heiligen Lieder zu Hause waren. Hier war der Kristallvater geboren worden, der ewige Herrscher des Himmels. Von hier war er mit Donner und Blitz auf die Erde gekommen. Hier war in der Morgendämmerung der Zeit die Regenbogen-Schlange, die Mutter aller lebenden Geschöpfe, entstanden und hatte Felsen und Wasserlöcher geschaffen. Aus diesen Felsen waren dann die »Song-Lines« hervorgegangen, die mit der roten Erde seiner Heimat verschmolzen waren, jene Lieder, die jeder Hüter des Landes kannte und schützte, weil sie die geheime Geschichte seines Territoriums beschrieben.

Schließlich kam Saimei aus dem Osten hinzu. Als sie ihren Blick in die kristallenen Tiefen versenkte, sah sie, dass sie nun an der Heimat der *kami*-Geister angekommen war, dort, wo die Herrin des Wassers das Licht der Welt erblickt hatte. Denn auch sie war aus den ewigen Wassern dieses Sees hervorgegangen, um dem Volk die Gabe des Lebens und der Hoffnung zu bringen. Sommer für Sommer ließ sie vom Ikuta aus ihr Geschenk in die Täler fließen, um das Land damit zu segnen. Und Saimei sah, dass es seit jeher so war, seit Anbeginn der Schöpfung.

Danach kam Baiya aus dem Westen und trat an die Ufer des heiligen Sees. Auch für ihn wurde der See zum Spiegel der Seelen. Als er tief ins schimmernde Wasser blickte, sah Baiya den Dschungel, die Berge und Wasserfälle, die seit jeher seine Welt ausmachten und er sah die Geistwesen, die in ihrer Mitte lebten. Er sah gewaltige Yajé-Lianen, welche die höchsten Urwaldriesen umschlangen, so hoch, dass die Ranken die Sterne zu berühren schienen.

In der Tiefe des Sees erkannte Baiya das Sternenvolk, das vor Urzeiten die Yajé-Mutter auf die Erde gebracht hatte. Er wurde Zeuge, wie es seine Urahnen lehrte, den heiligen Trank zu brauen und seine Magie und Heilkräfte auf die rechte Weise zu nutzen. Er wusste, dass die heilige Liane zuerst mit dem Wasser des Geist-Sees gegossen worden war, weil die Yajé-Mutter hier zur Welt gekommen war. Doch schon damals, als sie noch ein kleines Mädchen war, hatten ihre Augen diesen pinkfarbenen Schimmer und ihr Haar war lang und von silbernem Glanz.

Als sie all diese Dinge gesehen hatten, wandten die vier Schamanen ihren Blick in die Mitte des Sees. Aus der Tiefe des heiligen Wassers drang ein wundervolles Lied an die Oberfläche, schöner noch als der ergreifende Chor, als das zauberhafte Läuten der Kristallglocken, mit dem man sie willkommen geheißen hatte. Es war der Gesang des Großen Geistes.

Das Große Lied des Lebens sprach zuerst von den Übeln, die die Welt befallen hatten: Die Untaten der Menschen hätten die heilige Erde verunreinigt. Viele hätten sich von den alten Lehren abgewandt, die das gemeinsame Gut aller Menschen seien und stets ein zuverlässiger Schutz sein würden. Und es erzählte, wie Götter und Göttinnen Tränen vergossen, als sie sahen, dass die Menschen sich vom Geist abwandten.

Jetzt aber, so verkündete der Gesang des Großen Geistes, würde eine neue Welt entstehen, neues Leben würde in ihren Adern fließen. Wie ein mächtiger Strom würde es Seen und Flüsse, Wälder und Wüsten, Meere und Berge speisen. Alle Vergehen gegen das Gesetz, alle schädlichen Taten würden hinweggeschwemmt, alles Gift, das an Land und Meer zehrte, würde fortgewaschen werden.

Während die Schamanen ehrfürchtig dem Großen Lied lauschten, füllte der Himmel sich mit goldenem Licht. Nun erklang der Gesang der Heilung, dessen majestätische Weise die Welt von Grund auf reinigte. Der mächtige Klang drang tief in die Erde ein, in jede Felsritze, in jede Bodenspalte, in jedes noch so kleine Rinnsal. Er erfüllte alle lebenden Wesen, brachte die Herzen aller Menschen zum Klingen. Nun war die Erde wieder gesegnet, und die Götter und Göttinnen aller Länder sahen, dass es gut war.

Die Welt war zu Ende gegangen, die Welt war neu entstanden. Die Schamanen aus dem Norden, dem Süden, dem Osten und dem Westen wussten nun, dass sie eine Aufgabe hatten, dass ihre Vision sie nicht zufällig aus allen vier Himmelsrichtungen hier vereint hatte. Sie sollten die heiligen Pfade des Seins hüten, alle lebenden Wesen ehren und den Lehren der »Alten« Gehör verschaffen. Denn sie hatten erfahren, dass sogar die größten Götter und Göttinnen in diesen Wassern ihren Anfang genommen hatten, dass ihre Heimat und ihr Geburtsort der Große See des Geistes war. Und dass alles und jedes im Universum von diesem einen Ort stammte – einem Ort außerhalb der Zeit, der schon existiert hatte, lange bevor die Welt erschaffen worden war.